诺贝尔文学奖大师经典作品　迪士尼热映电影原著
品读动物的传奇与历险　领略生命的自由与艰辛
多角度阅读名著　多学科同步吸收

森林

名著动物之旅

丛林故事

［英］拉迪亚德·吉卜林◎著　美小卷◎译　阿咚◎绘

辽宁美术出版社
·沈阳·

图书在版编目（CIP）数据

丛林故事 / （英）拉迪亚德·吉卜林著；美小卷译；
阿咚绘 . —沈阳：辽宁美术出版社，2020.3
（名著动物之旅）
ISBN 978-7-5314-8533-9

Ⅰ.①丛… Ⅱ.①拉… ②美… ③阿… Ⅲ.①儿童小
说—中篇小说—小说集—英国—现代 Ⅳ.①I561.84

中国版本图书馆 CIP 数据核字（2019）第 219822 号

出 版 者：辽宁美术出版社
地　　址：沈阳市和平区民族北街29号　邮编：110001
发 行 者：辽宁美术出版社
印 刷 者：辽宁新华印务有限公司
开　　本：880mm×1230mm　1/32
印　　张：6.25
字　　数：100千字
出版时间：2020年3月第1版
印刷时间：2020年3月第1次印刷
责任编辑：孙郡阳　苏　丹
装帧设计：鼎籍文化创意　刘萍萍
责任校对：郝　刚
书　　号：ISBN 978-7-5314-8533-9
定　　价：25.00 元

邮购部电话：024-83833008
E-mail：lnmscbs@163.com
http://www.lnmscbs.cn
图书如有印装质量问题请与出版部联系调换
出版部电话：024-23835227

这本书里的秘密

动物小名片 想知道丛林里的小动物们都有哪些特点吗？动物小名片帮你解答呦！

动物档案 嘘！悄悄告诉你，动物们的世界既有趣又神秘。快到丰富的跨页内容中发现它们的奥秘吧！

阅读竞技 在故事之外，莫格里和老虎谢尔可汗之间又进行了多次的PK。莫格里急需你的帮助，快来进行一场谁与争锋的阅读竞技吧！

最年轻的 诺贝尔文学奖 获得者

　　说起拉迪亚德·吉卜林，你可能没听过这个名字，但是提到《奇幻森林》，你一定看过这部迪士尼出品的真人动画片。这部家喻户晓的动画片正是根据吉卜林的作品《丛林故事》改编而来的。

　　拉迪亚德·吉卜林是英国的著名小说家、诗人，他于1865年出生于印度孟买，6岁被送到英国读书，17岁中学毕业后返回印度工作，担任拉合尔市《军民报》的副编辑。

　　吉卜林在19岁那年发表了他的第一篇短篇小说《百愁门》，从此便不断地发表诗歌和短篇小说。19世纪80年代中期，吉卜林以通讯记者的身份游遍了印度的各个城市，写了《山中的平凡故事》《三个士兵》等作品，这些作品生动地展现了印度的自然风光和风土人情，也锻炼了吉卜林的观察力和写作能力，为他以后的创作奠定了坚实的基础。

　　19世纪末20世纪初是吉卜林创作的鼎盛时期，短篇小说集《山的故事》《生命的阻力》，长篇小说《消失的光芒》《基姆》，引人入胜的动物故事集《丛林故事》，诗集《营房谣》《七海》等都是这一时期创作的优秀作品，从此，吉卜林名声大噪。

　　在吉卜林的作品中，最吸引人的是他早期创作的描写印度自然风光和风土人情题材的作品，而其中最重要的作品就是《丛林故事》。1907年，吉卜林获得了诺贝尔文学奖。他是英国第一位获此殊荣的作者，也是迄今为止最年轻的诺贝尔文学奖获得者。

吉卜林在计划写《丛林故事》之前，曾费了很大的功夫，跋山涉水遍访印度各地的猎人、玩蛇人、魔术师等，同时也向探险家、旅行者索取自然界的第一手资料，还查阅了大量的书籍和资料。吉卜林用超凡的语言技巧描绘了美丽的印度丛林，他充分挖掘和展示了丛林里各种动物的特性，以拟人的手法，使动物们也具有人的自尊心和喜怒哀乐的情感特征，将丛林中的故事生动形象地展现在读者面前，这种描写方式揭开了动物文学创作的新篇章。这部作品一经面世，便以神奇瑰丽的自然奇景吸引了读者，并掀起了广泛的"吉卜林热"。

诺贝尔文学奖授奖词这样描述这部伟大的作品："作者在一种原始的想象力鼓舞下，创作出了这些神话般的动物故事：黑豹巴希拉，棕熊巴鲁，蟒蛇卡阿……莫格里就在这些动物中间成长，越来越强大。《丛林故事》使吉卜林成为许多国家孩子们喜爱的作家。成人也分享着孩子们的乐趣，他们在阅读这些富于想象力的动物故事时，仿佛又回到了童年时代。"吉卜林笔下的动物是独立的、充满野性的，他并没有让人的思想、人的感情披上动物的外衣，而是完全保留了动物的特征，让它们以动物的方式说话。他以超凡的想象力体察和捕捉到了动物特有的领悟和解释世界的方式，又以卓越的文学天赋为动物们量身定做了一套丛林语言。

辽宁美术出版社根据儿童身心发展特征及其兴趣点，将这一经典作品以全新的方式呈现在小读者面前：

·在保留原著风格基础上，将正文精缩至 5 万字左右，以适合适龄儿童阅读；

·以精美的手绘插图形象生动地帮助儿童理解故事内容；

·用轻松、童趣的语言向小读者介绍千奇百怪的动物知识；

·用对开的跨页手绘图系统介绍草原、荒原、自然、森林中的动物，帮助小读者对各种动物形成系统的认识。

我们用对待自己孩子的心来对待所有的小读者，期待大家在这本书中能轻松获得文学的滋养和自然的温度，愿小读者与动物为友，与自然为伴！

编 者

目录

第一章　丛林狼孩

豺狗串门 / 002

人类小孩儿 / 005

暂时收养 / 008

狼群议事 / 010

小孩儿长大 / 013

小孩儿挨打 / 016

和猴子交往 / 018

猴子来绑架 / 021

寻求帮助 / 024

小孩儿得救 / 027

小心老虎 / 031

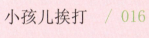

红花救急 / 034

大战虎狼 / 038

变成了人 / 044

回家第一天 / 048

总是惹麻烦 / 051

老虎死了 / 054

猎人来了 / 058

成为恶魔 / 060

实现诺言 / 062

猎人追来了 / 065

布尔迪的话 / 068

又回小屋 / 071

两个妈妈 / 074

巴希拉来了 / 077

新的计划 / 081

计划揭晓 / 083

和卡阿在一起 / 088

白眼镜蛇 / 091

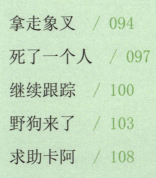

拿走象叉 / 094

死了一个人 / 097

继续跟踪 / 100

野狗来了 / 103

求助卡阿 / 108

周密计划 / 111

戏耍野狗 / 114

激怒野蜂 / 118

狼狗大战 / 120

丛林春天 / 123

奇怪的感觉 / 128

遇到米苏亚 / 131

狼兄弟的召唤 / 137

最后的告别 / 142

第二章 丛林之外 /145

白海豹 / 146

勇敢的里基 / 156

大象的图麦 / 169

第一章

丛林狼孩

豺狗串门

在印度南部的丛林深处，睡了一整天的狼爸爸睁开眼睛，惬意地伸着懒腰。夜晚温暖的风吹过，狼妈妈搂着四只翻来滚去的小狼崽，满眼都是浓浓的爱。

"月亮升起来了，我该出去狩猎了。"狼爸爸直起腰，冲着调皮的孩子们说，"一定要听话。"

"狼先生，在听我说话吗？祝你们一家好运！祝你们孩子健康！不过，请不要忘记我啊。"狼爸爸皱了皱眉头。丛林里最爱搬弄是非、专拣残羹剩饭的豺狗塔吉克来了。

"那你进来吧，家里可没有食物！"狼爸爸没好气地说。

"对你来说没有吃的，对我来讲，一根骨头都是大餐！我哪有资格挑挑拣拣。"豺狗塔吉克挤进洞里，抓起一根骨头啃了起来。

"我说狼先生，谢谢您的美味晚餐。看看您的孩子，天天吃着公鹿肉，长得多么健壮高贵啊！"豺狗塔吉克的赞美就像魔咒，谁听着都会觉得不舒服。当他看到狼爸爸不愉快的表情，内心充满了喜悦。他继续不怀好意地说："老虎谢尔可汗告诉我，他要来这里捕猎了。"

"什么？他没有权利到这里来！"狼爸爸气愤地说，"丛林法则不允许他改换狩猎区！他这样明目张胆地改变地盘，猎物会受到惊吓，以后我们捕猎就更难了！"

丛林法则规定，野兽不能吃人，一旦野兽吃人，就会遭到人类报复。火把和爆竹会让所有野兽遭殃。另外，丛林里的动物们相信，吃了人肉之后，身上会长疥疮。

狼妈妈看起来很平静。她说："谢尔可汗生下来就是瘸子，二十千米以外是他的领地。他到这里来，我们会跟着遭殃。请他不要到这边来！"

豺狗塔吉克摸着肚皮坏笑说："需要我转达您对谢尔可汗的意见吗？"

狼爸爸生气地说："豺狗，滚出去，滚回你的主子身边去！"

"那我就不久留了！"豺狗塔吉克溜到洞口，小声说道，"密林深处可有双好使的耳朵啊！"

豺狗

豺狗是现存最强的犬科动物，也是最凶残的犬科动物，常常生活在南方有林的山地、丘陵地区。它的外形与狗和狼比较相近，但个头却小于狼，四肢也比较短，体毛的颜色会随着季节的更迭而变化。别看豺狗的体形小于狼，但是它的战斗力可要远远高于狼哩！

人类小孩儿

豺狗走后，狼爸爸静下心来，果真听到饥饿难忍的吭唧声，一会儿又变成怒气冲天的低吼声。

他知道这是老虎要吃人的前奏！

"嗷呜——"突然传来老虎刺耳的吼叫。狼妈妈问道："怎么回事？"

狼爸爸嘲笑地说："那只蠢老虎怕是被篝火烫伤了脚吧！"这时，他们听到谢尔可汗跌跌撞撞的走路声和骂骂咧咧的抱怨声。

"他正在朝这边走过来，我们还是小心一点儿吧！"狼妈妈说。

灌木丛窸窸窣窣地响，狼爸爸警觉地蹲下，然后

　　腾空跃起，又戏剧般地落到了远处。

　　"快看，一个人类小孩儿！"狼爸爸眼前，一个浑身赤裸的小男孩扶着树枝，笑呵呵地站在树丛间。

　　"我还从没有看过人类小孩儿！快把他带过来啊！"狼妈妈又惊又喜。

　　狼爸爸把小孩儿叼到狼崽中间，小男孩不哭不闹，和几个狼崽挤来挤去，张着嘴巴望着狼妈妈的奶头。

　　还没等狼爸爸一家弄懂小孩儿是怎么回事，豺狗和一瘸一拐的老虎走了过来。"我刚才可是亲眼看到他们叼走了那个小孩儿！"

"那小孩儿是我的猎物，把他交给我吧！"老虎谢尔可汗果然前爪被烫伤了，龇牙咧嘴地咆哮道，"你家里的小孩儿是我的猎物，赶快交给我！"

狼爸爸不害怕老虎的淫威，他说："在丛林里，狼是自由的，我们只听从狼族首领的，怎么可能听你的安排呢？"

谢尔可汗站在狼窝门口，庞大的身躯挤不进去，他探着头继续说："狼族不会同意你们收留人类小孩儿的，他迟早是我的。"

狼

狼过着群居生活，一般七匹为一群，群体中的每一匹狼都有自己的职责，这种团队意识值得我们去学习！狼喜欢吃鹿、羊和兔子等动物，也正是由于狼捕食家畜的习性，人类从前对狼有着根深蒂固的偏见，人们为了保护家畜而大量地捕杀狼，造成很多品种的狼已经灭绝。在童话故事中，狼总是扮演着反面角色，但在现实生活中狼可是国家二级保护动物呢！

暂时收养

见狼爸爸一家态度坚决地护着小孩儿，老虎谢尔可汗灰溜溜地走了。狼妈妈钦佩地看着狼爸爸，爱怜地看着小孩儿和孩子们在一起玩耍，一起商量着要让狼群看看这个小孩儿。

狼爸爸问狼妈妈："你确定要收养他吗？"

狼妈妈说："他独自来到这里，见到我们一点儿不害怕，这是对我们的信任啊！落到老虎谢尔可汗手里，孩子只能死路一条。我们该给他起个名字，叫莫格里怎么样？莫格里和孩子们多么亲热啊，等他长大了，会反过来捕杀老虎谢尔可汗的！"

狼爸爸说："那倒是，小孩儿出去就会被老虎杀死。我们同意收养他，可狼族会接受这个孩子吗？"

他们最终决定先留下这个孩子。丛林法则规定，狼结婚以后独立生存，但生下小狼后必须带到狼群议事会，让其他狼都认识小狼。在小狼独立捕获猎物前，任何狼不能伤害小狼，否则会被处死。

老虎

老虎是一种大型猫科动物，它与我们养的宠物猫是"远房亲戚"。小猫体态轻盈，爬树对小猫来说是轻而易举的事情，老虎却不善于爬树，但它会游泳，而且还是游泳高手哩！老虎有很多种类，包括东北虎、巴厘虎、马来虎、孟加拉虎、里海虎，等等。我国是世界上14个产虎国中虎种最多的国家，印度则是世界上现存老虎数量最多的国家，尽管印度只有一种孟加拉虎。

狼群议事

慢慢地，几只小狼已经能够跑跳了。狼爸爸带着孩子们来到狼群议事岩。议事岩是一座小山丘，狼群首领阿克拉卧在一块大岩石上，身边跪着几十头本领高强的成年狼。阿克拉充满智慧，凶猛强壮，从来没有猎物逃出过他的爪子，他一直组织狼群抵御外界侵害。

月光下，狼崽们在欢快地嬉闹。轮到狼爸爸一家了，他把莫格里推到狼群中间。莫格里一边玩地面上的石头，一边咯咯地笑着。成年狼不解地打量着莫格里。

"这是一个小孩儿，不是一只狼，你们为什么要收养一个人类孩子啊！"山林间，传来谢尔可汗的声音。

狼群议论纷纷，阿克拉说道："狼群的伙伴，我们是自由的族群，我们从来不听从外人的话！这个小孩儿是否留下，按照丛林法则规定执行。"

丛林法则规定，当对一只小狼去留有争议时，需要除父母之外的两个成员为其担保。

狼妈妈非常喜爱莫格里，她已经决定，如果狼群不同意留下莫格里，她拼命也要留下这个可爱的孩子。

棕熊巴鲁是小狼崽的法律老师，是唯一可以参加狼群议事会的外族成员，他第一个站出来说："人类小孩儿不会伤害我们，我愿意担保，也愿意做他的老师。"

阿克拉问道："除了巴鲁，还有愿意担保的吗？"

话音刚落，黑豹巴希拉跳进狼群，他说："我虽然无资格参加你们的会议，但如果你们愿意收留这个小孩儿，我就给你们一头刚捕获的公牛。按照丛林法则，这是符合交易原则的。"

狼族成员听说有猎物公牛，又看到莫格里非常可爱，纷纷同意收养莫格里。

老虎谢尔可汗听说狼族的决定，气急败坏地怒吼着。

首领阿克拉对狼爸爸说："我们同意他生活在狼族。好好养育他，总有一天，这个小孩儿会好好教训那只不懂事的老虎！"

棕熊

棕熊，也叫灰熊，体形在熊类中排第二，仅小于北极熊一点点。棕熊性格孤僻，常常单独行动，属于杂食性动物，植物的根茎、果实，谷物，草料，蜂蜜，昆虫，鱼，野猪以及腐肉等统统爱吃。棕熊善于游泳和在河中捕鱼，也能爬树和直立行走，它也非常好斗，杀伤力远远高于狮子和老虎。

小孩儿长大

时光流转，莫格里和小狼们一起成长。狼爸爸耐心地教狼崽和莫格里了解丛林奥秘。天上的云朵变化、树林的风吹草动、猫头鹰的叫声等，莫格里都能准确地分辨清楚。

棕熊巴鲁教莫格里学习丛林法则和生存技能。树上有野蜂蜜，巴鲁教莫格里爬树、采蜜。刚开始莫格里还胆怯害怕，没过几天就成为爬树能手，可以自由自在地在树枝间攀缘跳跃。

黑豹巴希拉带着莫格里去森林深处睡觉，睡醒了就带着莫格里捕猎。他们从来不捕杀公牛。巴希拉说："你能留在狼群，是用一头公牛换来的，丛林法则不允许你去捕杀用来交换你生存权利的公牛。记住，这就叫丛林法则。"

莫格里参加狼群聚会，发现了一件好玩儿的事情。只要他牢牢盯着一只狼的眼睛，那只狼很快就会垂下眼帘。其他狼经常求助莫格里，请其帮忙拔掉扎在脚趾上的石渣、长刺，莫格里的手指灵巧极了。

不过，莫格里也发现了一件尴尬的事情，自己和狼长得不一样：光溜溜的身体多么与众不同啊。

老虎谢尔可汗还在丛林里活动，他主动拉拢一群年轻狼，蛊惑他们造反：阿克拉太老了，应该有年轻狼代替他的位置；听说你们都怕莫格里，不敢和他对视；莫格里是个人类小孩儿，丛林里不应该有他的位置。

年轻狼知道谢尔可汗在挖苦嘲笑他们，气得火冒三丈。

狼妈妈对莫格里关怀备至，她严厉地警告莫格里："老虎谢尔可汗是敌人，在丛林要防备他，长大后要消灭他。"

消息灵通的巴希拉知道了老虎谢尔可汗的谣言，

他告诉莫格里："谢尔可汗是你的敌人这件事，你不要忘记了！"

莫格里漫不经心地听着，在他心里，谢尔可汗就是个长尾巴、爱吹牛的家伙罢了。

黑豹

　　黑豹属于猫科类动物，生活在森林、山区、草地和荒漠之中。它们常在夜间活动，视觉、嗅觉和听觉极为灵敏。与棕熊一样，黑豹既能爬树，又会游泳，奔跑速度也非常快，能达到每小时 70 千米，还能跳远，一次能跳 6 米远呢！

小孩儿挨打

一天，莫格里不听话，巴鲁拍了他一巴掌。莫格里疼痛难忍，生气地爬到树上，不理巴鲁。

黑豹巴希拉对巴鲁说："他是个人类小孩儿，脑袋和我们不一样，长篇大论的说教对他没有用。"

巴鲁委屈地说："在丛林里生活就要遵守规则。如果从小就放纵不管、处处忍让，轻轻拍一下都不行，以后怎么教啊？"

"你的熊掌轻轻拍一下，对他来讲那可是沉重的一击，他的脸被你拍成了什么样子啊！"巴希拉解释说。

"我现在打他，是为了让他更好地成长。这总比以后因为无知被其他动物伤害要好。"巴鲁说，"莫格里很聪明，他已经学会了丛林密语，不信你来考验一样。"

莫格里在树上听到他们的谈话，趁机从树上溜了下来。他故意气鼓鼓地说："臭巴鲁，我可是为了巴希拉才下来的。"

莫格里坐下来，用不同的声音和走兽、飞禽说话。巴希拉虽然听不懂，但从莫格里欢愉的表情中，他看到了成长的快乐。

巴鲁说："莫格里掌握了这些密语，丛林里任何动物都不会伤害他了。"

巴希拉担心地说："将来，他最大的敌人是狼群啊！"

和猴子交往

莫格里忘了疼痛，在树林里跑来跑去，他爬到树干上说："我准备带领自己的同胞在树林里玩耍一天。"

巴希拉很好奇，急忙问："这话是什么意思？你的同胞在哪里？"

莫格里调皮地说："猴子是我的同胞，他们要找我一起玩。我们还要把坚果和土块扔到巴鲁头上，让他尝尝挨打的滋味。"

"什么，你和猴子有来往？快下来，你怎么能和那些无组织无纪律的家伙混在一起呢？"巴鲁急得直跺脚，巴希拉招呼莫格里快点儿下来。

莫格里来到巴鲁面前，理直气壮地说："你每次打我，都是灰猿从树上爬下来安慰我。他们和我长得一样，难道不是同胞吗？"

巴希拉拉着莫格里的手说："你和他们不一样。猴子没有首领，秩序混乱，他们说的话没有一句是真的。"

莫格里辩解道："不是的，他们和我一样，可以站着走路。他们给我吃的，认我为兄弟，他们还说将来让我当首领呢！"

巴鲁耐心地说："孩子，我给你讲过的丛林法则，动物们都在遵守，唯独那些猴子们不听。他们没有规则、没有原则、没有思想，丛林里的动物都不和他们来往。"

"啪啦啪啦"，一些坚果和树枝像雨点一样砸过来。抬头一看，原来是猴子们在树枝上跳来跳去。

巴鲁不理会那些无理的猴子，正色道："莫格里，一定要记住，身为丛林一员，永远不要和猴子打交道。"

巴希拉摸着莫格里的头说："巴鲁是真心在教育

你。记住，永远不要和猴子打交道。"

坚果和树枝还在落下，他们赶紧离开了。

猴子

猴子属于灵长类动物，是动物界中最高等的类群。一说到猴子，我们就想到红屁股、长尾巴、爬树小能手等这些特征，其实猴子的长尾巴有着很大作用呢！它们在爬树时会用尾巴抓着树枝，尾巴对猴子来说有"第五只手"之称。我国将猴视为吉祥物，因为"猴"与"侯"谐音，在很多图画中，猴子的形象有着"封侯"的寓意。

猴子来绑架

猴子们整天在树上跳来跳去，他们发现，莫格里非常有本事，将来对他们也会非常有用。一天，他们趁着莫格里独自散步，就喊莫格里到树上来玩。

莫格里记着棕熊和黑豹的警告，不敢随便和猴子们来往。猴子们看莫格里无动于衷，就派两个身强力壮的猴子把他绑架到树上。

灵活的猴子们架着莫格里，从这棵树跳到那棵树，快速向丛林外部移动，一点儿也不给他自由活动的机会。莫格里被折腾得头昏脑涨。

天上有一只白鸢飞过，莫格里大声地喊出密语："善良的朋友，请你快去告诉巴鲁和巴希拉，我被猴子带走了。请他们来救我，请记住我的方向。"

　　白鸢听到莫格里的求救，赶快去找巴鲁和巴希拉。他知道，从来不按计划做事的猴子，走不了太远。这次他们惹恼了巴鲁和巴希拉，一定不会有好果子吃了。

巴鲁和巴希拉正在四处找莫格里。听说莫格里被猴子绑架了，不由分说就朝着猴子移动的方向追去，但地面移动的他们怎么也追不上树上活动的猴子。

巴鲁渐渐冷静下来，他记起野象哈迪说过，丛林法则讲究一物降一物，猴子最怕的是蟒蛇。于是他对巴希拉说："我们请求蟒蛇卡阿帮忙吧！"

巴希拉没把握地说："我们不是同类，他会帮助我们吗？"

"给他一头山羊作为报酬吧。"巴鲁虽然没有十足把握，但去试试总是好的。

鸢

鸢对你来说可能并不熟悉，但说到老鹰，你可能会有些许的印象。鸢，又称老鹰，是一类小型猛禽的通称，苍鹰、秃鹫、金雕等都属于鸢的一种。鸢是肉食性动物，以鸟、鼠、蛙或者其他小型动物为食。各类鸢都有一个共同的特点，就是它们都能以优美的姿势在天空中自由翱翔。

寻求帮助

在一块朝南的大石头上，蟒蛇卡阿正在晒太阳，光滑的皮肤散发着柔和的光泽。他的头显得很大，身体又长长了几分。

"我们来得正好，看样子是刚蜕过皮，正饿得发慌呢！"巴鲁对巴希拉说，"你要小心一点儿。"

"卡阿，狩猎顺利啊！"巴鲁大着嗓门喊。

卡阿听到声音，睁开眼睛，大声说："你们也狩猎顺利！巴鲁、巴希拉，怎么有时间来我这？有什么食物吗？我这肚子饿得像口枯井！"

巴鲁不急不忙地说："我们也正在捕猎呢！"

"我们一起去吧！我知道你们捕猎非常迅速，我有时需要等上几天。那些淘气的猴子不知道在哪里。"
卡阿说到这里，巴希拉低声补充道："那些猴子在说，
你的牙齿掉光了，连小山羊大的食物都咬不动了。猴
子真是不知天高地厚。"

听到这话，卡阿愤怒地吐着血红的信子。巴鲁和
巴希拉发现，卡阿喉咙两侧的吞咽肌剧烈地鼓动着。

"今天晒太阳的时候，就听到那群猴子吱哇乱叫，
好像在转移地盘。"卡阿平静了一下情绪问，"你们是
在追捕猴群吗？"

巴希拉不想再绕圈子了，他说："是的。今天他
们犯了大错，那群猴子偷走了我们的人类小孩儿。"

巴鲁着急起来，他说："那小孩儿是我亲手教出
来的优秀学生，我们很爱他，不希望他受到任何伤害，
也不想让他像猴子一样无法无天。"

卡阿说："那个光溜溜的小孩儿我见过。我不讨
厌他，今天，我要让猴子们恢复记忆，让他们知道我
卡阿的厉害。不过，你们要记得我的帮助啊！"

巴鲁感激地说："你愿意帮助我们，我们会牢记
这份情义的，以后有食物一定不会忘了你。"

白鸢在头顶盘旋，他对巴鲁说："猴子们去了冷穴。我已经嘱咐蝙蝠在天黑时监视。"

巴鲁大声说："谢谢你的消息，我们也会感激你的。"

回过头来，巴鲁骄傲地对巴希拉说："莫格里真不错，他在忙乱中还记得密语！"

"别耽误时间了，我们快去冷穴，那群该死的猴子居然敢侮辱我！"卡阿显得急迫起来。

蟒蛇

蟒蛇属于大型爬行动物，生活在热带、亚热带低山丛林之中。它们善于攀缘，捕食时先慢慢爬行接近猎物，然后一口咬住猎物，同时迅速用身体缠住猎物将其勒死，并压成长条形，整个吞下去。当然，你并不需要担心蟒蛇"囫囵吞枣"式的吞咽方式会导致窒息，因为蟒蛇的嘴可以张至130°，喉头一直前伸到下颌边缘，这种构造可以使它们随时进行顺畅的闭口呼吸。

小孩儿得救

丛林里的冷穴曾经是富丽堂皇的宫殿，自从人走之后就逐渐凋敝下来，屋子旧了，墙壁斜了，喷水池破了，地面上长满青苔，野草、树木成了这里的新主人。丛林动物们很少到这里来，只有猴子们愿意把这里当成后花园。

把莫格里绑架到冷穴后，猴子们兴奋得又蹦又跳。莫格里有些累了，想休息一会儿，可猴子们非要让他教他们编织树枝和藤条。莫格里刚教了两分钟，猴子们就失去了兴趣，跑到一边挠痒痒去了。

莫格里想吃东西，几只猴子答应去找食物，可他们走出去没有多远，就忘了自己要干什么。莫格里肚子咕咕叫，眼皮直打架，这时他终于明白巴鲁和巴希拉说得没错，猴子是一群没有组织性、纪律性，不守信用的家伙。他们不可能听从领导，他也不愿意和猴子们继续相处了。

莫格里盘算着离开猴群，可他站起来没走两步就被猴子们重新围住。这时，巴希拉和卡阿来到了冷穴墙外。

卡阿最熟悉猴子的性情，他低声对巴希拉说："猴子善于打群架，数量多对我们不利。我观察了一下，西墙坡对我很有利，我从那里迅速冲下去；你从这边进去，这样可以分散猴群。"

巴希拉点头说："知道了，狩猎顺利！"

云彩遮住了月亮，巴希拉敏捷地冲到猴子中间，没等猴子反应过来就已经来到莫格里面前。猴子们开始拳打脚踢。莫格里告诉巴希拉蹦到水池中间去。

这时，西墙边的卡阿也迅速冲下山坡，直抵猴群中心。猴子们吓得大惊失色，他们一边喊着"卡阿来了，卡阿来了"，一边像散沙一样四处逃散。

奔跑速度稍慢的巴鲁也赶到了，他看到得救的莫格里，一把搂在怀里。

卡阿凑近仔细看了看，说："这个小孩儿的确长得像猴子，千万不要让我在蜕皮以后，忘了他的模样。"

莫格里用密语说："我们是同胞，谢谢你救了我，以后我的猎物就是你的食物。"

"希望你言而有信。"卡阿说，"我饿了，你们赶快离开这里吧！"

巴鲁和巴希拉知道，卡阿即将施展他的蛊惑魔法，来一顿猴子大餐。

和巴鲁、巴希拉走在丛林间，莫格里羞愧地低着头。

巴希拉说："莫格里耽误了捕猎时间，还让我去求卡阿，让我身体受伤，他应该受到惩罚。"

巴鲁想袒护莫格里，但丛林法则规定，后悔永远代替不了惩罚。他小声嘀咕道："他，太小了。"

莫格里看着受伤的巴希拉和巴鲁，惭愧地说："的确是我错了，我应该接受惩罚。"

　　巴希拉在莫格里的背上轻轻地拍打了几下，这足以让莫格里刻骨铭心了。

　　教训完了，巴希拉爱怜地说："趴到我的背上，我们回家吧！"

　　夜色很浓，莫格里睡着了，丛林法则的神奇之处在于，即使受到惩罚，也不会记仇。

小心老虎

莫格里自从被猴子们调戏了之后，就不再和猴子打交道了。但他还是不长记性，不把谢尔可汗放在心上。

丛林里又流传着老虎谢尔可汗在找莫格里的消息，巴希拉觉得有必要给莫格里好好上一课。

一个阳光明媚的午后，巴希拉带领莫格里来到丛林深处。他说："来摸一摸我的下巴。"

莫格里好奇地摸了一把，发现巴希拉光滑的皮毛中有一条疤痕。

巴希拉陷入沉思，他说："我下巴上的疤痕，是戴项圈留下的痕迹。我出生在人类的动物园，从小被关在铁笼子里，人们每天用小铁盘喂食，需要表演时就在脖子上套上项圈。这样的日子十分舒服，可在妈妈死后的一天，我突然意识到自己是黑豹，不是宠物。于是，在一个漆黑的夜晚，我从铁笼里跑出来，回到了丛林中。我了解人类，也不憎恨人类，所以才在狼族大会上用一头公牛救下你。在这一带，大家都觉得我比谢尔可汗还可怕，你说是吗？"

"是啊！"莫格里点着头说，"丛林里的动物们都怕你，只有我一点儿也不怕你！"

巴希拉说："莫格里，你在这里生活了这么久，现在阿克拉老了，不能永远保护你。其他狼不敢正视你的眼睛，是因为在内心深处他们惧怕你。谢尔可汗在教唆年轻狼，所以，你必须回到人类那里去。"

莫格里忧伤起来，他从来没有想过狼族会不欢迎他。

巴希拉继续说："我有预感，阿克拉再一次抓不到猎物时，狼群就会陷入混乱：他们会在议事会上反对阿克拉和你，到那时就被动了。为了保护自己，你要找到红花（火焰），狼最怕那些东西。到了关键时刻，红花会比爱你的朋友更好用。"

莫格里相信巴希拉说的话。的确，他也感觉到最近的情况有些不一样。以防万一，他准备出发去寻找红花。

巴希拉说："记住，谢尔可汗是混乱的导火索。他千方百计教唆年轻狼反对你，目的就是要吃掉你。我以生命担保。"

牛

　　牛对你来说是再熟悉不过的动物了，但你可能不知道的是，牛天生是个"多胃王"，牛其实有四个胃，而且每个胃都承担着不同的功能。牛的四个胃分别是瘤胃、蜂巢胃、重瓣胃、皱胃。牛的四个胃是为了适应其反刍的习性，就是先将咀嚼的食物咽到胃里，经过一段时间后，再将半消化的食物从胃里返回嘴里，再次咀嚼吞咽。

红花救急

    太阳就要下山了。莫格里穿过灌木丛，纷乱的情绪让他感到躁动不安。他气喘吁吁地回到狼穴，狼妈妈关切地问："孩子，你怎么了？"

    "妈妈，我要出去一趟，我不能让谢尔可汗得逞。"狼妈妈一直担心莫格里的安全，现在听说要寻找对付谢尔可汗的红花，赶紧准备了食物。莫格里吃饱后就向山谷边的小河奔去。

    路上，他听到狼群追赶猎物的呐喊声，筋疲力尽的公鹿的哀号声。"阿克拉去抓他！阿克拉去抓他！"年轻狼阴阳怪气地嚎叫。

    紧接着，又传来了阿克拉沙哑而痛苦的哀叫声。

莫格里心头一紧，威武的阿克拉从来不会低头，这次准是没有抓到公鹿，看来他真老了。莫格里很想跑过去帮助阿克拉，但一想到巴希拉的话，就加快了下山的脚步。只有全力以赴找到红花，才能救阿克拉和自己。

月亮升到了半空，莫格里终于来到一座村庄。他躲在树丛里，看到一个女人正在往红红的火焰里添加黑色的块状东西，然后端到了屋子里，黑暗的屋子里透出一点点光亮。第二天早晨，他看到一个孩子把火红的炭块放到罐子里，放在屋外的墙角边。莫格里暗想：这红花看起来并不可怕啊。

莫格里趁周围没有人，悄悄溜过去，拿起火罐就往回跑。到了远离人群的地方，他不时从地上捡一些干树枝放进去。来到半山腰，巴希拉正在焦急地等他："你可回来了。阿克拉抓鹿时受伤了，狼群正在找你，他们要行动了。"

莫格里淡定地说："说得没错，我已经做好准备了！"

莫格里回到狼穴，专心地守着火罐，和狼爸爸一

家说着贴心话。傍晚时分，豺狗塔吉克来了，傲慢地通知莫格里去参加狼族大会。莫格里看着他的眼睛，突然大笑起来，豺狗吓得一溜烟溜走了。

鹿

　　在动物园，我们会看到很多种类的鹿，有梅花鹿、长颈鹿等。一般雄鹿有一对实心的分叉的鹿角，雌性无角。下次再去动物园时，你可以注意下鹿角，看看是否能根据鹿角的有无，分辨出雌雄。另外，我们在动物园中看到的鹿都活动于陆地上，其实鹿还是游泳健将呢！它们的游泳姿势非常优美，只是我们很少有机会能见到。

大战虎狼

这次的狼族大会和以前有所不同，阿克拉孤独地躺在岩石旁边，象征首领的位置空着。谢尔可汗大摇大摆地走来走去，年轻狼跟在他身后放肆地说笑。巴鲁和巴希拉默不作声地坐在一旁。

狼族成员到齐了，谢尔可汗站起来讲话。莫格里"嗖"地站起来，大声质问道："你有什么资格参加狼族会议？"

谢尔可汗不屑地说："阿克拉老得不能捕猎物，他不能担任首领了。我是受邀来主持发言，你这个人类小孩儿又有什么资格质问我？"

年轻狼跟着起哄说："人类小孩儿有什么资格质

问呢？回村庄去吧。"

阿克拉气喘吁吁地说："安静，我要讲几句。莫格里从小和狼族生活在一起，从来没有违反丛林法则，他就是我们的亲兄弟。现在我老了，你们故意让我受伤出丑。现在，依据丛林法则，你们可以一个一个和我独斗，直到杀死我。"

狼群陷入了沉默，没有哪只狼愿意单独和阿克拉殊死决战。老虎谢尔可汗趁机说："你们这群软弱的家伙，连一只受伤的老狼都要害怕吗？他反正活不长了，倒是这个小孩儿，我今天必须把他带走。这个要当狼的小孩儿太可恨了，快把他交给我！"

狼群再次热闹起来，有些狼起哄道："人类小孩儿和我们没有关系，我们不是亲兄弟！"

阿克拉费力地抬起头，说："我的兄弟们，我当首领的时候，不曾让你们受过一点儿伤害。现在，你们中的有些狼成为谢尔可汗的走狗，听从他的指挥伤害自己的伙伴，这是狼族的耻辱。现在，我告诉你们，让莫格里回到村庄，不要伤害没有任何过错、遵守丛林法则的兄弟。"

莫格里从没想过，狼族的兄弟们会驱逐他。面对年轻狼不满的眼神，他不想再等了。莫格里往火罐里放了一些干苔藓，点燃了一根干树枝。燃烧的火焰照亮了莫格里强壮的身体，狼群显得惊慌失措。莫格里悲伤地说："过去，我一直把你们当成兄弟。现在，你们驱赶我回到村庄。虽然我非常难过，但以后不管在哪，我不会出卖你们，不会让人类伤害你们。"

　　莫格里突然转向谢尔可汗，用燃烧的树枝指着他说："烧焦毛的家伙，你再敢挑唆狼群，伤害阿克拉，我就把红花放进你的喉咙！马上滚开，早晚我会扒了你的皮钉在岩石上。"

　　莫格里情绪激动，他继续对狼群喊道："你们记住，以后谁敢伤害阿克拉，我就要让你们尝尝红花的厉害！"

　　谢尔可汗逃走了，狼群退去了，莫格里撕心裂肺地哭起来。巴希拉温柔地说："刚才，我看到了一个真正的人类。森林已经不是你的家，回到人类社会去吧。"

　　莫格里来到狼穴，和狼爸爸一家道别。四只狼兄弟已经长大，他们舍不得莫格里离开。莫格里说："你们千万不要忘记我啊！"

四个兄弟说："我们永远是一家人，你去寻找同类，但不要忘了我们在丛林等你。"

狼爸爸说："你是聪明的孩子，现在回去我们已经放心了。但是，我和你妈妈也越来越老了，我们希望经常看到你！"

狼妈妈温柔地望着莫格里，在过去的岁月中，她真的比疼爱狼崽还要疼爱这个人类小孩儿啊！

莫格里临行前说道："我们的离别，都是谢尔可汗惹的祸。下次回来，我一定带着他的皮！告诉丛林伙伴们，千万不要把我忘了。"

哺乳动物

哺乳动物多数身体被毛，有很好的环境适应能力，能够依靠身体内部产生的热量来维持恒定的温度。除最原始的单孔类卵生动物外，哺乳动物都是胎生，并且可以通过身体的腺体产生乳汁来哺育后代。大脑较其他类动物发达是哺乳动物的显著特征。

鸭嘴兽

鸭嘴兽是最原始的哺乳动物之一，也是最低等的哺乳动物之一。古老的鸭嘴兽外形十分古怪，它们的嘴巴呈宽扁形，像一个面具一样装在脑袋上，形似鸭嘴，因此被命名为鸭嘴兽。

大熊猫

国宝大熊猫有着圆圆的脸颊、大大的黑眼圈和胖嘟嘟的身体，它们慢吞吞内八字的行走方式格外惹人喜爱。

刺猬

刺猬是一种小型哺乳动物，它的身上除肚子外长满了硬刺，遇到危险时能够立马将身体卷成一个球状，将刺朝外以保护自己。

蓝鲸

蓝鲸是一种海洋哺乳动物，也是地球上最大的哺乳动物。一头成年蓝鲸的体重是非洲象的30倍左右。

长颈鹿

长颈鹿是陆地上现存最高的哺乳动物，生活于非洲草原地带，以树叶和小树枝为主食。它的听觉和视觉非常灵敏，眼睛能看到身后的东西。

北极熊

北极熊是现今体形最大的陆地肉食动物。它们的形象出现在很多卡通片中，温顺、憨厚、可爱的样子，深得人们喜爱。

老鼠

老鼠，俗称耗子，是哺乳动物中繁殖最快、生存能力最强的动物。它们的嗅觉极为灵敏，但视力很差，是"近视眼"，触须是它们的"导盲棒"。

变成了人

　　莫格里离开狼窝，不知道哪里才是自己的家。他穿过灌木，爬过山谷，沿着崎岖山路漫无目的地走。不知走了多远，才在半山腰上看到平原尽头有一座座房屋。

　　山脚下的平地上，成群的黄牛、水牛在悠闲地吃草。莫格里走过去，放牛的孩子看到他赤身裸体的样子，以为见到了怪物，吓得抬腿就跑。紧接着，村庄里的黄毛狗跟着大叫起来。

　　莫格里沿着道路朝村庄走去。他又饥又渴，很想找点儿吃的，可家家门口安放着荆条编织的路障。他想：人类也害怕丛林动物啊！他不知所措地站在村口张望。正好一个男人路过，莫格里用手比画着想要吃的。男人没看懂，也没心思细看，一脸惊慌地跑开了。一会儿工夫，他叫来了掌管事务的祭司。祭司前额有一个红黄色的标记，身穿白色的衣服，高大的身材显得十分健壮。很快，他的身后聚集了很多人，一齐指指点点地来到莫格里面前。

"人类真是没有礼貌，像灰猿一样。"莫格里赤身裸体、黑发垂肩、眉头紧皱，瞪着眼睛看着眼前的一切。

祭司看起来很沉稳。他上下打量了莫格里一番，大声对村民说："不必大惊小怪。他是丛林里逃出来的狼孩。他手脚上被狼咬伤的痕迹，可以证明这一点。"

"好可怜的孩子啊。"几个妇女一边同情地说，一边走近端详，"这还是个帅小伙呢！看他的眼睛多么漂亮。"一个女人突然喊："米苏亚，快过来看。你那年被老虎叼走的孩子应该这么大了吧？他长得多么像你啊！"

一个叫米苏亚的女人冲破人群跑过来，围着莫格里仔细地看了又看，流着眼泪说："确实很像我的孩子。可怜的孩子，他太瘦了。"

祭司看到这场景，望着天空说："被丛林夺走的孩子回来了。我的姐妹，把孩子领回家吧！"

莫格里始终一动没动，他想：这和狼接纳我的仪式很像。今天，我可以变成人了。

狗

狗对我们来说是再熟悉不过的动物了，狗也被称为"人类最忠实的朋友"，是现今饲养率最高的宠物。狗与狼有着亲缘关系，狗最早是由狼驯化而来的，早在狩猎采集时代，狗就已经开始帮助人类获取猎物了。所以，狗算是人类最早驯养的家畜之一。

回家第一天

人群渐渐散去，米苏亚把莫格里带回了家。她拿来一大杯牛奶和几块面包，看着莫格里狼吞虎咽地吃下去。米苏亚抚摸着他的头、凝视着他的眼，越来越相信这就是当年被老虎拖进丛林里的孩子。她情不自禁地喊道："纳图，纳图！"

莫格里愣愣地看着她，不明白她在说什么。米苏亚流着眼泪，伤心地说："还记得我给你买的新鞋吗？你什么也不知道，你很像我的纳图，以后，你就当我的孩子吧。"

莫格里很不自在，他听不懂人类的语言，不懂得人类的生活。他想：现在人类看我，就和动物们看人

类一样。我要从学习人类语言开始。学习语言，这对莫格里来讲不是难事。他跟着米苏亚，一句一句学说话，很快就记住了屋子里各种物件的名字。

晚上睡觉时，麻烦来了。莫格里躺在小屋炕上，感觉就像丛林中捕捉动物的陷阱一样，根本透不过气来。他以为米苏亚和丈夫已经睡着了，看屋门关着，就从窗户悄悄爬了出去。

其实，米苏亚夫妇根本没有睡着。米苏亚想起身找他，丈夫说："随他去吧！他可能不太适应这里的生活。如果他真想做我们的儿子，就不会逃走。"

莫格里来到户外，感觉自由了很多。他找了一块干净的草地躺下，身体每一个关节都得到放松。这时，一个柔软的灰鼻子凑过来，原来是狼妈妈最大的儿子灰兄弟。他说："我一直偷偷跟着你，现在你身上已经有人类的气味了。"

莫格里激动地拥抱着灰兄弟问："现在大家都好吗？"

"大家都很好。被红花烧伤的谢尔可汗已经逃到远方，但他发誓要找你报仇，你在这里要小心啊！"灰兄弟担忧地问，"你会忘记自己是一头狼吗？你会忘记丛林吗？"

莫格里说："我虽然被狼族赶回人类社会，但我不会忘记你们，我爱我的狼穴。我发誓扒了谢尔可汗的皮就回去。"

"好兄弟，你在这里注意安全。我要回去了。"灰兄弟说，"再下山的话，我在牧场边的丛林等你。"

总是惹麻烦

　　莫格里安心地留在村庄，努力适应人类生活。在三个月的时间里，一步没有踏出过村口。他学习生活习俗，适应穿上衣服，练习花钱交易，了解耕田种地。不过，不管莫格里多么努力，村里的小孩儿还是常常嘲笑他不会玩游戏，说话发错音。莫格里十分恼火，要不是丛林法则要求保持冷静，他一定狠狠地教训这群小破孩儿。

　　不过，有一件事让莫格里很自豪，大家都夸他力大如牛，而在丛林里的时候，大家都把他当成一个弱者。

　　村庄里人不多，可等级制度很严格。莫格里弄不懂人和人之间的差别，终于惹上了麻烦。

一天，村里陶匠的毛驴失足掉进了土坑，陶器撒了一地。莫格里看到了，就帮忙把驴救了出来，还和陶匠一起把陶器重新装好，拉到集市去卖。大家对莫格里帮助下等人这样的事十分反感，简直就是坏了规矩。祭司决定将莫格里变成村里雇工，去平原放牛，以免在村子里继续制造混乱。

莫格里很喜欢这份新工作。到了晚上，雇工们喜欢坐在一起闲聊。其中有个资深老猎人叫布尔迪，他有一把猎枪，最喜欢兴高采烈地讲丛林里动物们的生活。孩子们崇拜布尔迪，故事听得如痴如醉。莫格里在丛林生活过，知道那些故事都是瞎编的，但他努力克制着不去揭穿，也不笑出声来。

有一次，布尔迪讲到了鬼故事。他说："叼走米苏亚儿子的老虎是鬼魂附身。那个人在一次暴动中被打，从此走路就一瘸一拐。他附在老虎身上，那只老虎走路也是瘸腿的。"

听故事的雇工们附和说："对对，我看过老虎的脚印总是一深一浅。"

"简直是胡说。"坐在一边的莫格里忍不住喊道，"老虎一生下来就是个瘸子，这是整个丛林都知道的事。哪来的鬼魂附体，这简直都是疯话。"

布尔迪十分生气，还没有哪个人敢这样和他说话。他冷笑着说："丛林里的野小子懂得什么？不要在长辈说话时乱插嘴！有本事你去剥掉老虎皮！"

其他人一齐应和着说："是啊是啊，他懂什么呀！还是让他去放牛吧！"

驴

驴的形象跟马很相似，但是没有马威武雄壮的气势。它们的身高和体长几乎相等，躯干短、四肢瘦弱，但是体形比较健壮，不易生病，而且性格要比马温顺很多，是我们拉车、驮货、耕田的好帮手。驴肉也可食用，是典型的高蛋白、低脂肪食品，驴皮还具有药用价值，是名贵中药"阿胶"的原料。

老虎死了

天一亮，莫格里就骑着领头的大公牛，带着牛群走出村庄，来到山脚下。水牛在水塘或泥沼边吃草晒太阳，莫格里就到丛林里去找灰兄弟玩。

"好想你啊！"灰兄弟说，"等了你很久了，你怎么放牛了呢？"

"这是村里分配的工作！"莫格里问，"最近有谢尔可汗的消息吗？"

"谢尔可汗知道你在这个村子里，不久前还在这边等你。现在他回去了，但他一心要杀了你！"灰兄弟说。

"很好。"莫格里从容地说，"以后只要谢尔可汗不在，你或者其他兄弟就在这块岩石附近等我。若是谢尔可汗来了，你们就在平原中央那棵树的小溪边等我。这样我就知道怎么对付他了。"

一天又一天，莫格里每天放牛的第一件事就是看灰兄弟们在哪里。没有谢尔可汗消息时，他躺在草地上休息，但一点儿不敢放松，而是时刻留意周围动静，生怕谢尔可汗突然袭击。

一天早晨，莫格里远远地看到灰兄弟站在小溪边，鬃毛直直地竖立着。莫格里跑过去，灰兄弟紧张地说："昨天晚上，谢尔可汗和塔吉克追着你的脚印找来了。"

"放心吧，我才不怕谢尔可汗呢。"莫格里皱着眉头说，"塔吉克很狡猾，不知道他出了什么主意没有？"

灰兄弟说："不用担心塔吉克，昨天我咬断了他的脊骨。他还说，谢尔可汗打算白天在山谷里养神，晚上在村口等你。"

莫格里想了想问："今天谢尔可汗吃东西了吗？"

灰兄弟说："吃了！今天早晨他捕获了一头野猪，吃饱喝足后，正在峡谷里养精蓄锐呢。"

"太好了。这个蠢货是计划睡醒来抓我吧，我可等不到他睡醒。"莫格里说，"我们现在要主动出击，十个兄弟就够了。"

灰兄弟将信将疑。莫格里说："谢尔可汗躲在那个峡谷中，吃饱的时候灵活性很差。我带着牛群绕过丛林，从峡谷上头冲过来，为了防止他往下游跑，峡谷这头也要有牛群。两边的山谷他一时半会儿爬不过去。现在，我们先要想办法把牛群分成两部分。"

灰兄弟说："分牛群这件事我自己办不到，但可以找到出色的好帮手！"灰兄弟跑开，一会儿工夫，他带着老狼阿克拉回来了。

"阿克拉！"莫格里高兴坏了，"我就知道您不会忘记我。现在我们行动吧，请您把牛群分成两拨，一拨是公牛和耕牛，一拨是母牛和小牛。"

阿克拉果然有办法，很快就把牛群分成两部分。莫格里对灰兄弟说："我和阿克拉带着公牛和耕牛去上边。你带着母牛和小牛在下游，顺着峡谷的出口往里走就行。"

这个计划真不错。吃饱喝足的谢尔可汗从美梦中惊醒，既没有力气战斗，又不能爬上峡谷的岩石。上面的牛群疯了一样往下冲，下边的牛群努力地往上跑，上下夹击之下，瘸老虎成了瓮中之鳖，生生被牛群踩死了。

野猪

野猪，又叫山猪。它与我们饲养的家猪在外形上极为不同，野猪体格健壮，四肢粗短，犬齿发达，雄性野猪的上犬齿外露，向上翻转，呈獠牙状，可作为进攻的武器或挖掘的工具。野猪的身上长有坚硬又稀疏的针毛，背部的鬃毛又长又硬，有些品种的野猪在年老时背上会长出长长的白毛。作为杂食性动物的野猪，只要是能吃的东西它们都喜欢吃，从不挑食。

猎人来了

死去的谢尔可汗像一条野狗，丝毫看不出有什么威风。莫格里摸出短刀说："我要剥下他的皮，挂在议事岩。"

正在行动中，老猎人布尔迪来了。他手里拿着猎枪，对着莫格里说："瘸老虎值一百卢比，我分你一卢比。"说着，他就拿出火石准备烧掉老虎胡须。

"嘿，把火石拿开！"莫格里不客气地说，"我才不要钱呢。我要这张虎皮自己用。"

"你竟敢这样对我说话？"布尔迪恶狠狠地说，"虎皮是我的，赶紧离开这，小心我教训你！"

莫格里不想和他啰唆了，他小声说："阿克拉，上！"

话音刚落，阿克拉一个俯冲，就把低头看老虎的布尔迪扑倒在地。布尔迪看到狼听从莫格里的指挥，以为莫格里施展了法术，吓得魂不附体，跪在地上求饶道："大王，让您的仆人放开我吧！我不要虎皮了！"

莫格里让阿克拉放过布尔迪，说："快走开，不要再打老虎皮的主意了！"

惊魂未定的布尔迪摇摇晃晃地回到村庄。他没说莫格里杀死了老虎的事，而是添油加醋地向祭司讲莫格里施展妖术，让狼群攻击他。祭司边听边皱眉头，脸色越来越阴沉了。

成为恶魔

费了好大劲儿，莫格里才剥下一张完整的虎皮。天快黑了，莫格里把散在四处的牛群聚拢在一起，数一数一头都不少，就准备回村休息了。

远远的，莫格里看到村口燃起了火把，庙堂里传来了钟声。他想："这一定是要庆祝我打死老虎。"

莫格里越走越近，忽然发现事情和自己想的不一样。雨点般的石子向他砸来。"恶魔！野人！滚回丛林去！滚回丛林去！"

祭司摇着神树枝，站在高处大声喊道："滚得远远的！你这头狼！"

米苏亚冲过人群，冒着被石子砸到的危险跑过来说："我的儿子！他们说你是森林恶魔，是狼人，我不会相信的。可是，你还是先离开吧，否则他们会杀了你！"

人群还在疯狂，有人喊道："米苏亚，快回来，否则连你一起砸死！"

莫格里被眼前的情景吓到了。他苦笑着说："米苏亚妈妈，回去吧。我不是什么恶魔，那都是荒唐的谣言。回去吧，米苏亚妈妈！"

莫格里招呼阿克拉说："帮我把牛群赶回村庄！"躲在草丛里的阿克拉奋力冲进牛群，牛群立刻疯了一般向村口跑去。

混乱中，莫格里大声喊道："数好你们的牛，我一头不少地把它们送回来了！"

实现诺言

明月高悬。猎人布尔迪还在村里编造着魔鬼的故事，米苏亚妈妈难过地哭泣，村民们议论纷纷。莫格里不管那些事情了，他在阿克拉的陪伴下，与两个狼兄弟回到了狼妈妈的洞穴。

"妈妈，我回来了，我被人类赶回来了。"莫格里十分激动地说，"看，我实现了诺言，打死了谢尔可汗，带回了虎皮。"

狼妈妈、狼爸爸和孩子们走出洞口，看着好久不见的莫格里和那张完整的虎皮，不知道说什么才好。

"莫格里，你太棒了！"草丛里传来巴希拉的声音，"回到丛林来吧，我们很想你。"

议事岩上，莫格里把谢尔可汗的皮铺在岩石上。阿克拉躺在上面，威严地说："看看吧！老虎谢尔可汗在这里。"

四处散乱的狼听到阿克拉的声音，习惯性地围了过来。没有领袖的日子，狼们可是吃了不少苦头：受伤的、被捕的、生病的、丢失的，真是今非昔比。当他们来到议事岩上看到铺在地上的虎皮，无不万分惊讶。

莫格里说："狼兄弟们，我实现了自己的诺言，对吧？"

狼群喊道："是的。"一只大狼说道："阿克拉，继续统领我们吧！人类小孩儿，和我们在一起吧！"其他狼也跟着应和着。

　　站在一旁的巴希拉嘲讽地说："谁知道吃饱以后你们会不会反悔呢？你们为自由斗争，那就继续享受自由吧！"

　　莫格里坚决地说："狼群和人类都驱逐了我，我以后就在丛林里自由地生活。"

　　"好啊，我们要和你在一起。"四个一起长大的狼兄弟说。

　　就这样，莫格里和他的狼兄弟们离开了狼群，开始了丛林里自由的生活。

猎人追来了

　　狼群散去，莫格里迫不及待地回到狼爸爸和狼妈妈的洞穴，安安心心地睡了一个大觉。第二天醒来，他开始兴致勃勃地给大家讲自己在人类世界的生活，几个狼兄弟配合着进行描述。巴希拉和巴鲁也兴奋地在一旁听着、看着。

　　狼妈妈满足地呼吸着飘荡着虎皮气味的空气。莫格里说："妈妈，这次多亏阿克拉和兄弟们帮忙。如果你看到牛群冲下河谷的样子，看到人们向我扔石头时牛群冲过去的样子，那该多好啊！"

　　"我可不愿意看到你被人类追打！"狼妈妈气愤地说，"我会给你报仇。除了那个喂你喝奶的女人！"

"冷静点！"狼爸爸说，"莫格里已经完好无损地回来了，还是不要去招惹那些人了！"

"是啊，我们不想和人类打交道。"狼兄弟们齐声说。

阿克拉插嘴说："以我的经验，人类不会善罢甘休。为了避免人类来找麻烦，我已经把丛林里的足迹弄乱。可是，蝙蝠芒格对我说，村子里吵吵闹闹的，他看到了红花和猎枪，那个拿枪的人正在往丛林里来。"

"什么？人们已经把我赶回了丛林，为什么还要跟过来？"莫格里气愤地说。

阿克拉说："人的想法我们不明白，但刚才，我看你的反应速度已经慢了许多！"

莫格里平静了下来，他说："我和人类已经没有任何关系了。"

一直沉默的巴希拉突然站起身来，绷紧了全身，仰头抽动着鼻子。灰兄弟也和巴希拉一样绷紧了身体，阿克拉则迎着风跳出去，身体挺直。莫格里羡慕地望着他们——几个月人类生活，他的嗅觉确实下降了许多。

空气中飘荡着人类的气息。莫格里终于分辨出——那是布尔迪的味道。

"我就知道人类会来。"阿克拉得意地说，"狼王的称号可不是白来的。"

巴希拉说："我们先看看具体情况吧。"

蝙蝠

提到蝙蝠，你第一时间会想到什么？蝙蝠侠还是蝙蝠战车？其实蝙蝠是翼手目动物，是唯一一类演化出真正有飞行能力的哺乳动物，也是仅次于啮齿类动物的第二大类哺乳动物。人们常说"飞禽走兽"，其实这个词并不严谨，很多鸟类并不会飞，比如鸵鸟、企鹅，也并不是所有的兽类都是在陆地上行走的，蝙蝠就是唯一能够飞行的兽类。

布尔迪的话

莫格里点点头，他们悄然无声地穿过丛林，绕道来到布尔迪所在的地方。透过灌木空隙，看到布尔迪望着地面上混乱的脚印，嘴里不停地嘟囔着。随后，他点燃一支烟，坐在地上，大口大口地吸起来。

一群烧炭夫正好路过，他们看到猎人布尔迪，就坐下来歇脚抽烟。布尔迪真是编故事高手，他炫耀自己打死了老虎，摆脱施展魔法的狼孩。他说，村民派他来杀死狼孩，杀死狼孩后，就举行仪式烧死收留狼孩的米苏亚和她的丈夫。

"仪式什么时候举行啊？"烧炭夫感兴趣地问。

布尔迪说："没听懂吗？我要先杀死那个狼孩，然后就处置他父母，我们还要分割他们的田地和水牛。"

烧炭夫问："英国人知道了怎么办啊？"

布尔迪说："都安排妥当了。祭司会说米苏亚和她的丈夫是被蛇咬死的。现在最重要的是先要杀死那个狼孩。对了，你们看到过他吗？"

"没见过啊！"烧炭夫们害怕地说，"幸亏没有遇到会巫术的狼孩，要不我们就完蛋了。只有你拿着枪才能对付他。"

四个狼兄弟听不懂他们说的话，可看着莫格里气愤的表情，他们也明白了八九分。

莫格里不愿意听他们胡扯了，转身对狼兄弟们说："我得赶紧去村子里一趟。"

"这些人怎么办？"狼兄弟们望着烧炭夫和猎人身影问。

"唱歌送他们回去。"莫格里交代说，"天黑前别让他们回到村子里。天黑了，我们在村口集合。"

巴希拉打着哈欠说："一整天都在追踪人类。现在，让我们给他们唱会儿歌吧。"

　　丛林里回响起猎豹和狼兄弟的嚎叫。布尔迪不敢再吹牛了，吓得和烧炭夫瘫坐在地上动弹不得。

又回小屋

　　莫格里飞快地向村庄跑去，他的心中只有一个想法：解救米苏亚和她的丈夫，要和村民算清所有的账。

　　黄昏时分，莫格里来到村庄，发现很多村民聚在村口大树下议论着什么。他绕过人群，悄悄地来到米苏亚小屋附近。院门口，三个村民用椅子顶着大门，背靠椅子守在那里。

　　莫格里从后边栅栏进入院子，透过窗户朝里看，只见米苏亚手脚被捆，嘴里塞着东西，蹲坐在地上；她的丈夫被绑在床边，丝毫不能动弹。他悄声从窗户翻进去，砍断绳索，扯出堵在他们嘴里的东西。米苏亚刚想喊叫，莫格里用手捂住她嘴巴，用手示意门口有人。她丈夫倒是安静，一边生着闷气，一边抠着胡须上的脏东西。

"我知道你会回来的！"米苏亚激动地说，"你真是我的儿子。"她抱着莫格里，一向镇定的莫格里全身发抖，一丝温暖的情绪从心底蔓延开。

"他们为什么要把你们捆起来呀？"莫格里平静了情绪问道。

"他们说你是巫师，我们就是巫师的父母，应该像巫师一样被处死。"沉默许久的男人愤怒地说，"看，我在流血呢。"

莫格里看着他们伤痕累累的身体，咬牙切齿地问："谁干的，我要替你们报仇！"

"全村人干的。他们说你是魔鬼巫师。他们想处死我们，得到我家的田地和水牛。"男人说。

米苏亚对丈夫说："不，他不是巫师，他是我们的儿子啊！"

"现在说这些有用吗？"男人消沉地说，"我们是快被处死的人啦！"

莫格里指着窗外说："那边有通往<u>丛</u>林的道路，你们快点儿跑吧！"

米苏亚绝望地说："我的孩子，我们没有去过<u>丛</u>林，走不了多远啊！"

男人接着说："村里的年轻人会把我们抓回来的！"

听到这里，莫格里非常生气，他拔出刀说："我本来不想伤害村里人。现在顾不了那么多了！"

两个妈妈

院门口传来了人们的叫喊声和嘈杂的脚步声。莫格里告诉米苏亚："你们先想想可以逃到哪里，我去看看他们干什么。"说着他从窗子跳出去，躲在阴暗的墙角处。

大树底下，布尔迪端坐在地，原来听到狼叫时的恐怖表情荡然无存，正兴致勃勃地向好奇的村民编造自己在丛林里和魔鬼斗智斗勇的故事。

莫格里非常生气，但也很庆幸：在他故事讲完之前，不会有人伤害米苏亚。

他悄悄回到小屋，刚来到窗下，就看到了狼妈妈。"听到孩子们在树林里唱歌，我就和他们来了。我想看看收养你的女人！"

莫格里说："村民想杀死他们，一会儿我让他们往丛林方向去，你可以保护他们穿过丛林吗？"

狼妈妈说："虽然我老了，可还有力量。虽然我喂了你第一口奶，但你是人类，早晚要和人类生活。"

听说还要和人类生活，莫格里有点儿不开心。但有狼妈妈保护米苏亚，瞬间让他觉得充满了力量。

莫格里告诉狼妈妈先隐藏在灌木丛中，然后一路上和狼族兄弟们默默保护米苏亚妈妈。他回到小屋，对米苏亚说："布尔迪还在编造鬼故事。过不了多久，他们就要过来了，你们打算怎么办？"

"我们要到离这里三十千米的地方。"米苏亚说，"刚才我俩商量了，在那里可以得到英国人的保护。"

莫格里疑惑地问："英国人，什么族群？"

"他们是白人，掌管着这里的一切。今晚逃到那里，我们就能活下来！"米苏亚说着，男人已经在屋角挖出了一些钱，他想买一匹马让受伤的米苏亚乘坐。

莫格里说："你们走吧，不要害怕。丛林里没有任何动物伤害你们，狼群会默默保护你们。"

米苏亚丈夫感叹道："在丛林里被野兽吃掉，也比被人烧死强啊！"

莫格里看着米苏亚说："他不相信我，但你会的，你们会一路平安！"

米苏亚拉起莫格里的手说："我相信你的每一句话，你是我的儿子。"

他们来不及收拾太多东西，从后面窗户爬出去，在夜色掩护下上路了。狼妈妈紧紧地跟在旁边。

巴希拉来了

看着他们的背影消失在丛林方向，莫格里心里十分难过。这一切，都是自己给他们带来的灾难。突然，巴希拉从窗口跳进来，他兴奋地蹿来蹿去，眼中透出吓人的红光，嘴里不时发出低哑的吼叫，好像马上要发起一场进攻。

莫格里直直地盯着巴希拉的眼睛，渐渐地，红光消失，他的脑袋低垂，像一只老猫蜷缩起来。莫格里摸着他的头说："刚才不怕我，那不是你的错！"

"闻到奇怪的气味，我就想战斗了！"巴希拉说，"现在，你属于丛林，又不属于丛林。但我爱你！"

莫格里说："布尔迪的故事就快讲完了吧？今晚，

肉食性动物

动物档案

肉食性动物的食物主要以肉为主，它们的牙齿比较尖锐，长有食肉齿，以利于撕咬及穿透皮肤。它们的脚为爪子，且具有肉垫，在奔跑跳跃过程中起减震、降声作用。肉食性动物的警觉性和攻击性非常强，一般处于主动攻击的一方。

狮子

狮子是非洲陆地上最强的肉食性动物。在狮群中，雌狮子主要负责捕猎和照顾狮宝宝，雄狮主要负责抵御外来入侵。

老虎

老虎是最大的猫科动物，是亚洲陆地上最强的肉食性动物。它们可以单独猎杀比自己体形大5倍以上的猎物。

狼

狼擅长快速及长距离的奔跑，常喜欢追逐猎食，以食草动物及啮齿动物等为食，如兔子、鹿、羊等。

美洲豹

美洲豹又叫美洲虎，但是它们既不是豹又不是虎。美洲豹是最敏捷的猫科动物，也是猫科动物中最喜欢吃鱼的。

大白鲨

大白鲨又称食人鲨，是海洋中的肉食性动物，是一种大型进攻性鲨鱼。因其体形巨大、攻击性强而被认为是海洋杀手。

金雕

金雕是天空中的肉食性动物，是一种大型猛禽。他全长有76～102厘米，翅膀能达2～3米，一般栖息在高山、草原、荒漠或森林地区，以大中型鸟类或兽类为食。

霸王龙

霸王龙生存于白垩纪晚期，是一种凶猛的食肉恐龙，当时北美洲的各种恐龙基本上都是它的捕猎对象。

我不想看到血！"

巴希拉跳到炕上说："我明白你的意思了，刚才我的确很冲动！"

莫格里说："谢谢你能明白。现在我有了新的计划，我不想让人类知道我的身份！"

说话间，疯狂的村民举着火把，拿着各种棍棒来到了屋外。拿着枪的布尔迪和祭司走在前面，他们高喊着："烧死巫师，烧掉小屋！"

人们挪开凳子，打开紧闭的大门，火把瞬间把屋里屋外照得通亮。一只黑黝黝的大黑豹耷拉着尾巴躺在炕上，正张着大嘴打着哈欠看着大家。

村民被眼前的景象吓得惊呆了，连祭司都不敢说一句话。他们没心情寻找米苏亚夫妇，人们转瞬间跑得无影无踪，整个村庄安静下来，没有人活动一下。

新的计划

乡村沉寂得可怕，莫格里静静地坐着，专注地在想事情。

巴希拉走过去问："我做得不好吗？"

"你做得很好。我只是太困了，你先看着这里！"说完，莫格里就飞奔起来，一口气跑回丛林，睡了整整一天一夜。

醒来时，巴希拉带着新捕杀的公鹿守在身边。他说："丛林传来消息，那两个人已经到地方了，他们买了马，走得很快，就要自由了！"

莫格里拿刀割着公鹿肉，一颗悬着的心总算放了下来。他点头说："太好了！"

"还有啊，村民们不敢出门了。估计也不会来丛林复仇了。我们回去狩猎，把这些人类忘记吧！"巴希拉说。

　　"不，即使他们不来丛林找我，我也要让这些人类记住点儿什么！"莫格里说，"晚上，你让大象哈迪和他的三个儿子来这里见我！"

　　巴希拉吓了一跳，问道："哈迪是森林之王，丛林密令是他教你的，你怎么能这样指使他呢？"

　　"告诉你，现在我已经有了指使他的丛林密令！"莫格里继续说，"如果他不听话，你就说布波尔劫难！"

　　"布波尔劫难！"巴希拉重复着说，"好吧，现在我就去找他们。"

　　其实，莫格里内心十分痛苦。米苏亚是他深爱的人类母亲，对于伤害自己和米苏亚的人们，他充满厌恶和仇恨。但他不想杀任何一个人，只想给他们一个深刻的教训。布尔迪在无花果树下讲的一个故事，也许会帮上忙。

计划揭晓

夜晚，哈迪带着三个儿子慢慢地走过来，全然没有了森林之王的风范。他们向莫格里打招呼："狩猎快乐！"

莫格里没有正面看他们，对着巴希拉说："我给你讲个故事吧。一头大象掉进了陷阱，被尖尖的棍子划伤了皮肤。人类把他拉上来后，愤怒的大象想办法挣脱绳索跑掉了。等到伤口愈合，大象带着孩子们来到了布波尔的田间。"莫格里把头转向哈迪问，"你说，那些庄稼怎么样啦？"

哈迪沉默了片刻，继而说道："那些田地被毁了，房屋被踩了，丛林占据了村庄。可是，你是怎么知道的，你要干什么呢？"

莫格里说："这是老猎人讲的唯一的真话。我生活的那个村庄里的人们贪婪残忍，伤害弱小，愚昧可恶，我恨他们！"

"那就杀死他们！"哈迪的小儿子瞪着通红的眼睛说。

"不。我不想杀死任何一个人，我要实实在在地报复他们，要让丛林占据村庄！"莫格里激动起来。

"那场布波尔劫难，我的长牙沾满了人类的鲜血。这次，我们不需要杀人，但也可以让丛林占据村庄！"哈迪赞赏着说，"你的战争就是我的战争，让我们一起复仇吧！"

巴希拉看着眼前的一切，终于明白了莫格里伟大的复仇计划。他对满腔怒火的莫格里说："我敢发誓，你已经长成丛林之王了！你可以保护我、巴鲁和狼族了。"

莫格里不由自主地大笑起来，蹦到水塘里一圈又一圈地游泳。

哈迪和三个儿子开始着手战斗前的准备。等到村庄周围的庄稼成熟了，一天深夜，哈迪和三个儿子率先折断了村民搭建的棚子，各种动物在庄稼地里横冲直撞。野鹿吃光了牧草，哈迪用长牙挑破了粮仓，巴希拉砸扁了小马。村民们家里的食物所剩无几，村庄周围的土地上也没有可以食用的东西了。

面对突如其来的袭击，祭司举行了隆重的仪式，请求丛林生灵的原谅。可是，丛林动物没有原谅他们，村庄的道路变得越来越窄，食物越来越少，人们不得不在雨季来临前搬离家园。很快，没有人类的村庄变成了土堆，上面长满了野草。雨季一结束，这里就变成了热闹丛林的一部分。

大象

　　大象是目前陆地上最大的哺乳动物，象牙是它们防御敌人的重要武器。大象的祖先在几千年前就出现在地球上，曾是地球上最占优势的动物之一。大象是一种极有灵性的动物，传说，大象能预知自己的死期，当老象知道自己生命即将结束之时，会偷偷地离开象群，独自隐藏在密林幽谷中，等待死亡的来临。

和卡阿在一起

大蟒蛇卡阿是莫格里的救命恩人。在他第 200 次蜕完皮的夜晚，莫格里特意前去祝贺。

现在，莫格里是丛林之王，卡阿对他心悦诚服，不敢随便和他开玩笑，还经常把丛林里的各种消息毫无保留地告诉他。

莫格里坐在卡阿身体围成的小圈内，把玩着新蜕下的蛇皮说："连眼睛上的鳞片都如此完美。亲自踩过脑袋上的皮，真是神奇啊！"

"是啊，不过我没有脚。"卡阿接着说，"蜕皮是我们的成长需要，你看我的新衣服怎么样？"

莫格里抚摸卡阿背上的方格花纹说："虽然乌龟

的背比你的鲜艳，青蛙的皮比你的坚硬，但你的衣服有精致的花纹，简直美极了！"

卡阿谦虚地说："新衣服的花纹还没有完全显露出来，我们去洗个澡吧！"

"我背你去吧！"莫格里一边笑着，一边蹲下来，抱起卡阿的头。卡阿一动不动，吐着信子，和莫格里玩起了摔跤游戏——卡阿用头去击打莫格里，莫格里想办法躲避，每次莫格里都躲不过卡阿，当然卡阿也只是用了一点点力气而已。

玩够了，他们欢快地一起去洗澡，莫格里开心地说："这里比人类生活好多了！"

卡阿问："丛林满足你的所有愿望了吗？"

莫格里大笑着说："当然没有。人有太多欲望，我们都很贪心。"

卡阿似乎想起什么，说道："还记得冷穴吗？我在那的地洞里遇到一条白眼镜蛇，在那看到很多东西，听到很多故事。"

莫格里忽然来了兴趣，卡阿说："白眼镜蛇守护那些东西很多年。他非常了解人类，知道人类为了那些东西不惜搭上生命。"

莫格里说："我没见过白眼镜蛇。我也曾经是一个人，也对那些东西十分好奇，我们一起去看看吧。"

眼镜蛇

眼镜蛇其实并不戴眼镜，是因为它们颈部扩张时，背部会呈现出一对美丽的黑白斑，看似眼镜，才被命名为眼镜蛇。眼镜蛇喜欢在平原、丘陵、山区的灌木丛或竹林中生活，常常白天出来活动觅食。另外，眼镜蛇有剧毒，如果你在野外碰见眼镜蛇，一定要小心！

白眼镜蛇

　　莫格里和卡阿来到冷穴。月光下的冷穴空旷寂寥，安静异常。卡阿钻进洞穴，莫格里礼貌地用蛇语说：“我们流着同样的血，我们是同胞。”说完，他穿过七扭八拐的通道，来到大树下的密室。莫格里直起身体说：“这里很安全，只可惜不能天天来玩。对了，那些东西在哪？”

　　“原来你不是来看我的。”密室里传来白蛇的声音。月光下，他的身体泛着象牙白，眼睛像红宝石一样，八米长的身体看上去神秘莫测。

　　“狩猎快乐！”莫格里礼貌地问候。

　　“上面的城市怎么样啦？”白蛇没理会莫格里的

招呼，继续说道，"我的耳朵聋了，很久没有听到过出征的锣鼓声了。"

"我们的头上是一片丛林，没有什么城市。"莫格里回答说，"您说的城市是什么？"

卡阿也轻声说："四个月前我说过，上面的城市早已经不在了，上面没有人。"

眼镜蛇转过来问卡阿："他不知道国王和城市，却会说蛇语，他是谁呢？"

没等卡阿说话，莫格里说："我叫莫格里，来自丛林，狼是我的亲人，卡阿是我的朋友。请问，您是干什么的？"

"我是看守国王宝藏的使者。"白眼镜蛇说，"自我守护开始，人们五次往这里放宝藏，却没有一次拿走。最后一次送宝藏进来是很久以前的事情了，难道城市没有宝藏了吗？"

卡阿说："抬头看看，树根都把石板挤破了，上面到处都是丛林，没有人类生活了。"

白眼镜蛇愤愤地说："以前有盗宝的人都被我消灭了。现在，你们说城市没了，但我的使命不会结束，我还是宝藏的守护者，不会让你们把珍宝带走。"

　　莫格里觉得很好笑，平静地说："你被豺狼咬疯了吗？这有什么值得守护的呢？"

　　"你在找死吗？"白眼镜蛇吐着舌头说，"在你闭上眼之前，我让你看看这些宝藏。"

拿走象叉

莫格里眯起眼睛，发现四周有一些闪闪发光的东西。月光下，装着金币银币的麻袋已经破旧，红宝石、绿松石、花琥珀、白珍珠散发着美妙的光泽。

莫格里对金银珠宝毫无兴趣。他看到一把匕首，拿起来试了试，然后就放回了原处。后来，他看到一个镶嵌着红绿宝石的象叉，上面画着人类捕象图，这让他想起丛林里的大象。莫格里端详着那些图案，觉得好看极了。

白眼镜蛇一直跟着莫格里，他问："看到这些东西，是不是死而无憾了？"

"我可不这么认为，这些东西又冷又硬，根本不能填饱肚子。"莫格里拿起象叉，说，"这个可以送给我吗？我可以送青蛙给你吃。"

白眼镜蛇扭动着身体，邪恶地说："当然可以，前提是你能活着出去。"

卡阿问道："是谁恳求我带人过来的？你觉得我会让他死在这里吗？"

白蛇威胁说："我是宝藏守护者，他想带走这里的东西，只有死路一条。你也小心我的毒牙！"

莫格里倒是十分平静，他摸着卡阿的头说："他不知道我的厉害，那就让他尝尝滋味吧。"

话音未落，莫格里把手中象叉刺向白眼镜蛇的脑袋，将其牢牢夹在象叉和墙壁之间。卡阿迅速扑到眼镜蛇身上，对莫格里说："杀死他！"

"不！"莫格里拔出刀说，"除了猎杀食物，我不想杀害任何动物。看，他的毒牙已经没有用了。"

莫格里让卡阿走开，放开白眼镜蛇说："你已经没有能力看护宝藏了。"

白眼镜蛇从来没想过自己变得如此不堪一击，痛苦万分地说："简直太丢脸了，还不如杀死我呢！"

"不，我不想杀害谁。"莫格里继续说，"因为打赢了你，我可以带走这个带刺的东西了。"

白眼镜蛇仇恨地说："现在你可以拿走它。但这个东西会代替我的工作，它将带来死亡。"

死了一个人

莫格里和卡阿拿着象叉来到地面。阳光下，象叉上的红绿宝石闪闪发光。莫格里兴奋地说："我要给巴希拉看看。这么美的东西，怎么会带来死亡呢？"

卡阿去捕猎了，莫格里拿着象叉，蹦跳着去找巴希拉。"你说，这个东西是干什么的？它怎么会带来死亡呢？"

巴希拉看着闪光的红绿宝石说："这是用来驯服大象的工具，带刺的地方都曾沾满被捕杀的大象的鲜血。人类为了这些红绿宝石，是会不惜生命代价的。"

知道象叉曾经沾满了鲜血，莫格里不开心地说："为什么走到哪里都会流血？如果我知道这东西上面沾满鲜血，就不会把它带出来。"说着，他厌恶地把象叉使劲地扔出去，插到了三十米外的泥土中。

巴希拉困了，打着哈欠回到洞穴。莫格里爬上树，拉起藤条做吊床，晃晃悠悠地睡着了。

梦里，象叉上的红绿宝石像影子一样不时出现。刚一睡醒，莫格里就去找象叉，看到巴希拉正在周边嗅来嗅去。他说："有人把象叉拿走了。你看，这里还有脚印呢。"

莫格里端详着脚印，想着白眼镜蛇的话，说："如果象叉真的带来死亡，那这个人就会死掉的。"

巴希拉说："既然这样，我们就顺着脚印去看看吧。"

莫格里和巴希拉沿着脚印追过去，莫格里想：难道象叉会从人的手里掉转头，自己插进脑袋里吗？

走了一段路，地面的脚印突然乱了。巴希拉打量后说："我们分开，看看不同脚印的情况。"

巴希拉继续跟踪原来的脚印，莫格里去跟踪新的脚印，在两个脚印重叠的地方，巴希拉说："大脚印死了，小脚印拿走了象叉。"

他们继续跟着小脚印往前走，在一处山涧的篝火旁，看到一具冰凉的尸体。

　　"他是被竹棍打死的。"莫格里看着尸体说，"眼镜蛇说得没错。人类为了无聊的东西互相杀害。"

　　"人类为了争夺红绿宝石就会杀人，真不明白，这玩意到底有什么好。"巴希拉继续说，"我在王宫的笼子里生活时就知道人类的癖好。"

继续跟踪

"看，这里有四个穿鞋人的脚印。"莫格里说，"他们五个曾一起站在这。可他们杀死了同胞。看到这些，我的心非常难受，胃里堵得慌，我们回去吧。"

"丢下猎物可不是好习惯。"巴希拉说，"我们还是去看看，他们应该走得不太远。不找到象叉，死亡就会一直继续。"

他们继续默不作声地跟着穿鞋人的足迹前行。大约一个小时后，天空泛起鱼肚白，巴希拉说："我闻到了烟火味。"

陌生的丛林里，低矮的灌木丛下，他们又发现了一具尸体，凌乱的衣服周围撒着一些面粉。

"他也是被竹棍打死的。这已经是第三个人了。"巴希拉说。

莫格里忽然觉得，应该带些礼物给白眼镜蛇，后悔没有听他的话。

他们继续往前走，乌鸦在树上唱着死亡之歌。树下的篝火快要熄灭，烤盘里的面包已经焦硬，三个人躺在树下，象叉在阳光下闪闪发光。

"这东西真是杀人不见血啊。"巴希拉说，"这些人身上没有伤痕，他们是怎么死的呢？"

莫格里仔细观察周围的环境，小心地闻了闻篝火的余烟，掰下一小块面包咬了一下，马上吐了出来。"是食物中毒，刚才那个人给食物投了毒，可他们先把投毒人杀了！"

"一个接一个地死去。"巴希拉问，"现在怎么办？我俩要为这个东西打一仗吗？"

"我们和人类不一样，它无法引诱我们。"莫格里说，"早知如此，就不该把它带到丛林。现在我们先把它掩埋起来，不要再让人类看到它。睡醒之后我要把它送回蛇洞去。"

过去两天了。洞穴深处，白眼镜蛇还在愧疚叹息。突然，白色的象叉像一道闪电飞进洞穴，落在金币堆上。

　　莫格里没有走进洞穴，他用蛇语说："找一个年轻的来看守宝藏吧，再也不要让活人从这里走出去。"

　　白眼镜蛇十分意外，他用身体紧紧缠住象叉，惊愕地问道："我说它会带来死亡，你怎么还活着呢？"

　　莫格里说道："你说得没错，这个东西一晚上夺走了六个人的生命！我和那些人不一样，所以才活着。看好这里，再也不要让它到地面上了。"

野狗来了

　　回到丛林里的莫格里度过了一段快乐时光。他和丛林里的动物们交朋友，在不同兽群之间往来，和狼家族保持着密切的联系。

　　时光流转，狼爸爸、狼妈妈先后去世了；棕熊巴鲁老得快要走不动了；猎豹巴希拉也骨头僵硬，动作不再敏捷了；老狼阿克拉没有以前的威风，皮毛变成银白色，肋骨深陷，就像一个松散的骨头架子。莫格里经常带猎物给他们。

　　当然，狼的后代们已经成长起来，一共有四十多只。阿克拉在议事岩召开会议，按照丛林法则选出了狼族首领——法奥。莫格里参加了狼族会议，尤其是在辨认小狼的会议上，他总会想起很多年前那个难忘的夜晚。

一天傍晚，莫格里带着新猎杀的公鹿，和四个狼兄弟一路小跑，嬉闹着准备去给阿克拉送食物。突然，他们听到豺狗可怕的尖叫声，声音中充满仇恨、恐惧和绝望，不断起伏的尖叫声好像战场的号角。四个狼兄弟绷紧肌肉，低声吼叫，马上进入了防备状态。莫格里也紧皱眉头，拔出了尖刀。

"听，那边发生了大规模的猎杀！"灰兄弟说。

尖叫声再次响起，莫格里飞奔着跑向议事岩。路上，很多狼都跟着跑过来。法奥和阿克拉已经坐在岩石上，所有狼都神色紧张，狼妈妈们在努力安慰着小狼。

夜色渐浓，瘆人的尖叫声停止了，丛林安静得能够听到风吹过树梢的声音。一声嘹亮的狼嚎声传来，"野狗、野狗！"

一只满是伤痕的外族狼摇摇晃晃地出现在议事岩上，喘着粗气倒在了莫格里脚下。

法奥说道："狩猎快乐！"

"狩猎快乐！我是温陀拉。"受伤的狼口中的温陀拉，就是单独行动的狼。

"那边有动物在迁徙吗？"法奥问道。

"是野狗。红毛狗正在由南向北迁徙。他们杀了我的妻子和三个孩子。"温陀拉带着悲伤和气愤说。

"一共有多少只红毛狗？"莫格里连忙问。

"我不知道有多少只，他们中的三只把我咬成这样。"温陀拉举起血肉模糊的前掌，身体上的数道口子有鲜血渗出。

阿克拉将莫格里送给他的鹿肉扔过去说："吃点儿吧！"

温陀拉毫不犹豫地扑过去，吃完鹿肉，他说："有点儿力气了，等我好了，一定要找这群野狗报仇！"

法奥点了点头，问道："那群野狗带着幼崽吗？"

"没有，这群红毛狗身强体壮，动作迅捷。"温陀拉说。

狼族很清楚，野狗数量多、力量大，老虎、大象都绕着他们走。莫格里曾经在别处见识过野狗的凶残，他们脚趾缝里长着毛，成群狩猎，凶残无比，所到之处，绝不留下一点儿猎物。

　　阿克拉对野狗也很了解。他低声说："看来要和红毛狗展开一场生死搏斗了。这恐怕是我生命中最后的一场战斗。"接着，他转头对莫格里说："你去北方吧，等野狗走后再回到这里来。"

　　莫格里有点儿不高兴，他说："难道不让我参加跟野狗的战斗吗？我的父亲是一头狼，母亲是一头狼，我怎能不和自由兽民一起战斗呢？"

　　温陀拉说："你还不知道野狗的厉害吧？趁红毛狗还没过来，你们都赶快向北走吧！"

　　莫格里大笑着说："你太小看自由兽民了！我们不会离开丛林，我们不会流浪乞讨。为了我们的子孙，为了猎场里的猎物，我们战斗，我们必须战斗！"

　　"战斗！战斗！"整个议事岩的狼群齐声应和着。

野狗

一提到野狗，你是不是想到的是流浪狗？其实，野狗并不是流浪狗，而是生活于草原、灌木丛或者稀疏林地的一种食肉性动物，常见于非洲东部或南部地区。野狗的毛色比较杂乱，每个个体的体毛色斑都不相同。它们群居在一起，遇见猎物采取群体合作的方式猎杀，咬住猎物致使猎物无法逃脱后，进行掏肛活吃，最后只剩下一副皮囊。

求助卡阿

莫格里对四个狼兄弟说："战斗就要开始了。我去前方看看有多少只野狗，你们在这里备战！"

"你要去送死吗？"温陀拉大声说，"遇到野狗可就是死路一条。"

莫格里没时间理会他。他在黑暗中奔跑，一不小心绊到卡阿的身体，一下子摔倒在卡阿蜷曲的身体上。卡阿正在安心狩猎，他生气地问："丛林法则有新规定，要打扰别人狩猎吗？"

莫格里爬起来歉意地说："真的对不起，这不是着急吗？我看你长得越来越壮、越来越漂亮了！"说着，他温柔地抱起卡阿的脖子，把他的头搭在自己的肩上，慢慢地告诉他丛林里刚刚发生的事情。

卡阿说："我感觉到丛林遇到了危机。你要参加战斗吗？狼族曾经驱逐你，你还是不要和野狗战斗了。"

莫格里激动地说："不！虽然我是一个人，但我向丛林发誓，我是狼族一员。在赶走野狗之前，我绝不离开！"

卡阿十分佩服莫格里的勇气。他十分清楚，和红毛狗打仗，那绝对是一场你死我活的战斗，悄悄躲开是最好不过的选择。但看着莫格里坚定的样子，卡阿决定帮助丛林动物们，尤其是这个光溜溜的小人儿。

莫格里说出自己的计划："野狗要来到丛林，必须从上游河谷过来。我们狼族可以提前在浅滩上埋伏，然后攻他们个措手不及。"

"主意是不错。可野狗非常狡猾，不会随便向下游逃窜，咬住他们的喉咙可不是容易事。"卡阿继续说，"你要知道，一旦交锋，狼和野狗都会损伤严重。"

"卡阿，我是第一次遇到野狗扫荡丛林，可你见多识广，有什么好主意吗？"莫格里问道。

卡阿严肃起来，他说："现在遇到的事情，过去曾经发生过。走，我们去河边，我来告诉你对付野狗的好办法！"

卡阿像离弦的箭一样冲向河流。莫格里紧随其后。来到河边，莫格里双手抱住卡阿的脖子，将身体紧紧依附在卡阿身上，就像乘着一艘船，快速来到河流上游。

周密计划

这里是传说中的"死亡之地"，几百年来，野蜂在风化的岩石间繁衍生息，无数的蜂巢遍布崖谷两岸，远远看去，就像闪闪发光的黑丝绒。

卡阿悄声说："现在他们都在睡觉，千万别吵醒他们！"

他们继续向上游，一片狭窄的浅滩上遍布着野蜂的尸体，还有腐烂的飞禽走兽的尸骨。卡阿指着他们说："看，这是刚被杀死的动物们！"

莫格里感慨道："他们是不了解丛林法则，越界来到这里，受到了野蜂的攻击。趁着野蜂还没睡醒，我们赶快离开吧！"

"他们天亮才会醒来！"卡阿说，"我给你讲个故事吧。很多年前，一只野狼追赶一只公鹿。来到这里时，走投无路的公鹿别无选择地跳下悬崖，落水的声音惊扰了正在工作的野蜂。愤怒的野蜂团团包围了野狼，活活将它吃掉，而落水的公鹿却幸运地活了下来。"

　　莫格里好奇地问："这是为什么呢？"

　　卡阿回答说："公鹿跳下去的时候，野蜂还没有反应过来。等他们被激怒了，野狼就倒霉了。"

　　莫格里似有所悟。卡阿接着说："想一想，野狗对你穷追不舍，跑到这里时你该怎么办？想好了吗？"

　　莫格里一下子被点醒了，他激动地说："卡阿，你不愧是丛林里最聪明的动物。这个办法太刺激了，简直就是和死神赛跑啊！"

　　卡阿笑着说："一开始我就想到了这个办法，但这个办法需要勇气，关键还要让野狗追你。"

　　"这个没问题，我有办法让他们追到这里来。"莫格里淡定地说。

　　"上面的岩石坑洼不平，裂缝丛生，你要小心别掉进去。"卡阿继续说，"你先去看看路。我回去告诉法奥，让他们清楚整个计划，做好思想准备。不过，你要明白，要不是为了你，我可不愿意和狼有什么关系。"

卡阿顺流而下，将他们的计划详细告诉了法奥和阿克拉。然后又逆流而上，在峡谷的溪流中等待莫格里。

莫格里来到岩石上，很快熟悉了岩石上的缝隙。他站在悬崖边勇敢地跳下去，卡阿赶紧游过去，卷起身体，就像一块大海绵，正好接住了莫格里。

"谢谢你！我已经练习两次跳崖了。"莫格里严肃地说，"岩石上面果然危险。我在岩石缝边堆了许多石头。等野狗追我时，我跑过去就把石头踢到石缝里，野蜂一定会瞬间被激怒。"

"你真有办法啊。"卡阿赞叹道，"野蜂的脾气很火爆，以防万一，我们再商量一下细节。"

天亮了，莫格里记起野蜂讨厌野蒜的味道，就采集了很多野蒜绑在身上。然后，他沿着温陀拉的血迹向前跑，沿途观察树木的间距，在看好周围环境后，他爬上一棵八尺高的树木。

戏耍野狗

接近中午，野狗群出现了，莫格里粗略数了一下，约莫有 200 只。他们个头不大，四肢强健，牙齿锋利。野狗队伍脚步杂乱，几个首领正催促着快点儿走。

莫格里心想：我要想办法拖住他们才行。要是天黑之前赶到岩石，野蜂还都没有回巢，我们的计划就全都落空了。

走在最前面的野狗首领闻到了人的气息。他带领着队伍走过来。莫格里看他们就快来到大树底下，大声喊道："狩猎快乐！"

野狗首领吓了一跳，停下脚步，伸出血红的舌头抬头张望。两百多只野狗也跟着陆续停了下来。

莫格里大声问："谁让你们侵犯这片丛林的？"

首领傲慢地说："天下丛林都是我们的！"野狗们龇着白牙，露出狰狞的样子。

莫格里哈哈大笑，将一只脚搭在树干上晃悠，挑衅地学着小跳鼠刺耳的尖叫声。野狗们最讨厌那种尖叫声，一起怒气冲冲地围着树干狂叫。领头的首领奋力向上跳，企图抓住莫格里悬在空中的一条腿。

莫格里敏捷地闪开了，悠闲地躺在树枝上，继续用各种语言嘲讽野狗。但他丝毫没有放松警惕，看准时机一下子揪住了腾空跃起的野狗首领，手起刀落，割下了他毛茸茸的红尾巴，然后又将它丢回地面。这套动作连贯自如，吓得狗群一下子安静起来，围成一圈不敢动弹。

莫格里知道野狗不会轻易离开，硬仗还在后面，于是爬到更高的树杈上，安心地睡起觉来。

睡了三四个小时，莫格里醒来了，夕阳的余晖洒遍丛林。树下的野狗一只也没少，他们沉默地、充满仇恨地围坐在树下。莫格里知道野蜂们该回巢休息了。

"你们真是忠诚的卫兵啊！"莫格里嘲讽地说，"可

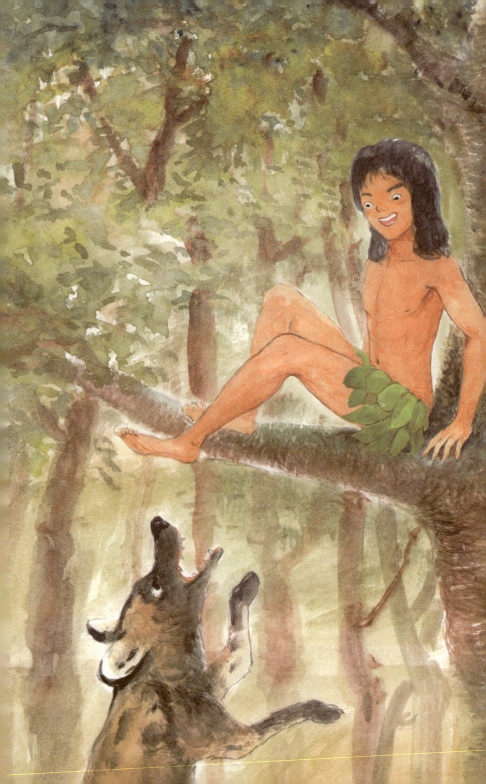

我对你们不满意。你们数量太多了，这条尾巴就不还给你了！"

没了尾巴的首领扑到树干上，疯狂地喊道："下来，我要撕破你的肚皮！"

"别啊！我要看你生下没尾巴的红毛狗呢！"莫格里一边嘲讽着，一边像猴子一样，从一棵树跳向另一棵树，渐渐地向野蜂巢穴方向移动。

疯狂的野狗跟着移动，他们看着树上的莫格里，有的跳起来抓，有的跟着跑，互相拥挤，乱作一团。

来到森林边缘的最后一棵树时，莫格里把绑在身上的野蒜涂在身上。野狗嘲弄道："你想掩盖身上的臭味吗？我们不会放过你的！"

"好啊，我先把尾巴还给你们吧！"莫格里奋力一甩，红尾巴被扔到了树林里。野狗们本能地朝着尾巴冲去，莫格里趁机从树上滑下来，奋力向蜂巢方向跑去。

野狗们发现情况不对，又掉过头来追莫格里。莫格里凭借听觉判断着野狗的距离，生怕野狗失去耐心。野狗们可是气坏了，怎能轻易放弃呢？

激怒野蜂

莫格里跑到悬崖边，脚步声已经激起了野蜂的愤怒。蜂群振动着翅膀，天地间响起让人惊悚的声音。莫格里知道形势严峻，以生平最快速度冲向悬崖，顺脚将提前准备的石头踢到岩缝中。空气中涌动着甜甜的蜜香，天空瞬间变成了黑压压一片。

莫格里毫不犹豫地跳下悬崖，刚一落到水中，就被卡阿稳稳接住。脱离危险的莫格里累得气喘吁吁，但是想到后边的一出好戏，心里充满了胜利的喜悦。

悬崖边，有的野狗被野蜂紧紧包裹着坠入水中，有的野狗踩进了岩缝里动弹不得，有的野狗挂在悬崖边的树枝上，落到河里的野狗顺着河流漂走，歇斯底里的狗叫充斥在嗡嗡的蜂鸣中，显得更加凄厉。

"这里不能久留。"卡阿急促地说，"我们必须尽快离野蜂远一点儿。"

卡阿背着莫格里潜入水中，顺流而下。野蜂顺着水面低飞，看到有东西就蛰过去。卡阿提醒说："注意安全，紧张的战斗才刚刚打响！"

岩石上，后面的野狗反应过来，就顺着峡谷的外侧河岸跳进水中。虽然有野蜂的袭击，但他们还是保存着战斗的实力。莫格里将头探出水面吸气，发现野蜂不多了，他顺手抓住一只野狗，一刀插入他的喉咙。

"背后有偷袭者！"听到警告的野狗想回过头，奔流的河水却推着他们前进。浓浓夜色中，狼群正等在岸边，发出"为了丛林去战斗"的吼叫。

狼狗大战

一场恶战开始了。

战斗中，三条腿的温陀拉非常勇猛，他虽然体无完肤，伤痕累累，但还是没有放弃战斗，用最后力气咬死了野狗首领，终于血债血偿了。

野狗首领死后，剩余的野狗们四散逃窜，法奥怒吼道："全部杀光，一个也不留！"战场上，一周岁的小狼都参与了战斗，共有十五只成年公狼和六只母狼牺牲，剩下的狼也都不同程度地受伤。

阿克拉早预言这是生命中的最后一战。他在这最后一战中表现威猛，血肉模糊地战斗到最后一刻。

战斗中，四个狼兄弟配合着莫格里，既保护他不受伤害，又勇猛地向野狗进攻。

　　战斗持续了很久，河岸上遍布着野狗的尸体，没有一只野狗能够逃回去，报告这场惨败的消息。

　　战斗结束时，莫格里在野狗的尸体间发现了阿克拉。他用双手捧起阿克拉血肉模糊的头，将他放在自

己的腿上。阿克拉浑身流血，吃力地说："在这场伟大的战斗中，我杀死了很多野狗。现在，我要死了，我要死在你的身边！"

莫格里难过地安抚着他。阿克拉继续说："你表现得非常优秀。今天你拯救了整个狼族，狼群和你互不相欠了。狩猎结束就离开丛林，回到人类中去吧！"

"不，我不会离开。"莫格里激动地说，"我是一头狼！我要和狼族同生死、共进退。我要在丛林里独自狩猎。"

阿克拉望着莫格里，还想说些什么。他用尽最后力气说："帮我站起来吧！"

莫格里抱着阿克拉，勉强站了起来。阿克拉深吸一口气，唱起了死亡之歌。歌声穿透丛林，嘹亮哀婉。歌声一结束，他猛地跳到野狗尸体旁，倒在地上停止了呼吸。看到这一幕，法奥郑重地对着阿克拉说："狩猎快乐！"然后，他向丛林大声喊道："丛林里最伟大的狼牺牲了！"

丛林春天

　　和野狗的战斗已经是两年前的事情了。莫格里在丛林里享受着自由狩猎的快乐。他每天捕猎、游泳，身体变得越来越强壮。他能够单手在树枝间跳跃，能够独自捕获年轻的公鹿，甚至丛林里的野猪都不是他的对手。

　　莫格里在和野狗的战斗中，赢得了丛林动物们的广泛赞誉。丛林里的动物们佩服他的智慧，也敬畏他的力量，现在他在丛林里散步，兽民们都会主动让路，把他当成了真正的丛林之王。

　　一天，莫格里和巴希拉躺在高高的山坡上，看着河水奔流向前，冉冉升起的太阳将丛林染成金色。丛林越来越亮，阳光透过树枝投射到地上，打上了明暗交织的投影。春寒料峭，干枯的树枝在冷风吹打下发出"沙沙"的响声，演绎着时光的电影。

"冬天已经过去，春天就要来了。"巴希拉一边呼吸着清晨的空气，一边倾听着丛林的声音，"那些正在萌生的叶子真有力量，春天真的要来了。"

莫格里在阳光下舒展着筋骨，顺手揪起身边的枯草，"你看草还是干的，花朵还没有开放呢！"

巴希拉仰面朝天，四肢张开将自己平铺在地面上，春日的暖阳让他觉得浑身舒服。

"巴希拉！你看起来像一只懒猫。"莫格里笑着说，"你现在的样子，哪里是一只猎豹，简直是丢丛林之王的脸！丢你和我的脸！"

"什么，你和我是丛林之王？"巴希拉翻个身站起来，浑身抖动了起来，春天脱落的毛飞在空中，他说，"在这片丛林里，谁能比得上你的力量、你的智慧啊！"

莫格里笑着说："你在嘲笑我吗？"

"我怎么会嘲笑你。只有你才是真正的丛林之王啊！"巴希拉认真地说。

莫格里不再说话，他若有所思地凝望着远方，晨光渐渐退去，丛林里传来悦耳的鸟鸣。

　　"你听，鸟儿们都在欢唱春天的到来！"巴希拉摇着尾巴兴奋地说。

　　"哦，春天来了，你们又要丢下我，去远方捕猎了。"莫格里情绪有些低落。

　　"可是，我们……"巴希拉想要解释，没等他说完，莫格里突然生气起来，他指着巴希拉的鼻子说："不是我们，是你们，你们都要去捕猎，你们丢下我自己在丛林里。还记得吗，去年，去年我让你去找哈迪，可是哈迪一直都没出现。"

　　巴希拉十分难堪，又有些害怕，他说："我通知了哈迪，哈迪来晚了，这可不是我的错啊！"

　　"在我最需要的时候，哈迪没有来。我都看见了他的身影，可他就是没有走过来。他一定是忘了谁是丛林之王。"莫格里气愤地说。

　　"我记得，或许是忘了丛林密语吧！"巴希拉继续说，"你听，鸟鸣多么好听，别再生气了。"

　　"我是该忘记这件事，不再介意这件事了！"莫格里躺在山坡上，双手交叉放在脑后，他眯着眼睛说，"巴希拉，我想把头放在你身上，这样会很舒服！"

　　巴希拉很开心，莫格里还愿意和他在一起，不再生他的气。

奇怪的感觉

　　印度丛林四季不是十分明显，用雨季和旱季来区分可能更准确。不过，丛林的春天依然是最美妙的季节，沉闷萧条的景象仿佛被施了魔法，所有的气息都是神清气爽的。丛林里的兽民感知着春的气息，为御寒而生的毛发开始脱落，兽民们仿佛换上了轻薄的春装。莫格里也喜欢丛林的春季，他在丛林里尽情地奔跑，享受单纯简单的快乐。兽民们也开始在丛林里游荡，用自己独特的嗓音歌唱着春天。

　　可是，这个春天，莫格里的感觉有些不一样，莫名的哀伤笼罩在心头。当美丽的孔雀在他面前展开尾巴向他问候"狩猎快乐"时，莫格里很想说一句话，嗓子却像被堵住一样，什么声音也喊不出来。

老鹰在空中盘旋，他俯冲下来对莫格里说"狩猎快乐"时，莫格里还是没有说话。丛林在接受一场春雨的洗涤后，枝头的嫩绿越发可爱，天边的彩虹十分迷人，所有的动物都唱起来，莫格里却一言不发。

"我是怎么了？"莫格里自己也弄不明白，"我不愁吃，不愁喝，嗓子也没有问题，为什么不想歌唱呢？我为什么要对巴希拉发火呢？所有兽民都是我的朋友，为什么我会变得冷漠呢？我一会儿热，一会儿冷，这是为什么呢？"

莫格里百思不解，最后决定来一次春天长跑，和四个狼兄弟，一直跑到北边的沼泽地，然后再跑回来。

他站起身来呼唤狼兄弟，可是没有听到任何回音。这时莫格里意识到，狼族在春天里去了很远的地方，谁也听不到他的呼唤。莫格里非常气愤，他自言自语说："当丛林遇到危险时，兽民都会跑来求我拯救他们，可现在，春天一来他们就疯了一样走开了，他们还把我当成丛林之王吗？"

两只未成年的小狼在草地上决斗。他们愤怒地绷紧身体，随时准备进攻对方。莫格里跑过去，想抓起一只狼的脖子，将它扔出去。可是，没等他伸手，两只互攻的小狼就将他挤到了一边。

　　莫格里差点儿摔倒，本能地站稳脚跟，想抽出刀进攻。可是，他忽然感觉身体像被掏空了一样，一点儿力气也没有。他颓丧地坐在地上，叹息着说："我肯定是中毒了。过去我多么有力量，现在居然被没有经验的小狼甩到一边了。我浑身上下一点儿力气也没有，是不是快要死了呀！"

　　眼看着两只决斗完的小狼离开，莫格里还沉浸在无尽的哀伤中。所有的兽民都在歌唱着春天，没有谁注意到他的孤独。

遇到米苏亚

月光带来了丛林的安静，莫格里在丛林里晃来晃去，不知不觉，他来到沼泽边，在一片开阔平原的尽头，看到闪闪烁烁的光亮。那是人类的红花呀。

莫格里心想：好久没看到人类了。我去看看那里的变化吧。

莫格里飞快地来到透出光亮的小屋门口，三只看家狗疯狂地叫起来。"不许叫！"莫格里刚一开口，三只狗就灰溜溜地坐下，再也不敢发声了。

"这户人家会是什么样子呢？"莫格里忽然想起多年前和人类共同生活的场景。

房门打开了，一个女人抱着孩子站在门口向外张望。"别哭了，也许是豺狗路过。别怕，一会儿天就亮了。"

听到这声音，躲在草丛里的莫格里像过电了一样。他轻轻地叫了一声："米苏亚！"

"谁呀！谁在喊我！"女人的声音因害怕而颤抖起来。

"米苏亚，是我啊，看看，您还认识我吗？"莫格里激动得有些哽咽，眼眶里充满泪水。

"是我的孩子吗？说说我给你起的名字，快说呀！"米苏亚激动地倚靠着门框，双手不自觉地抖动。

"纳图！您给我起的名字叫纳图！"莫格里依然记得，米苏亚第一次见他时就是这样称呼的。

"真是我的孩子，过来，我的儿子！"米苏亚激动地喊起来。

莫格里跑到米苏亚跟前，深情地凝望着人类母亲。米苏亚明显变老了，灰白的头发覆盖在头上，眼周布满皱纹，可双眼还是那么明亮。米苏亚从上到下打量着莫格里。几年不见，莫格里长得又高又大，浓密的黑发披散在脑后，脖颈部的尖刀在月光下闪着白光，健硕的身体显得英气十足，和传说中的神祇一样。

米苏亚看出来了，他就是自己失而复得的儿子。突然，她瘫在地，哀伤地说："我的孩子，你已经不是我的儿子，你是森林里的神！"

莫格里平复了一下情绪，坚定地说："我是纳图。我看见了火光，走了很远的路才来到这里。可我不知道在这里会遇到您！"

米苏亚怀里的孩子开始哭闹，米苏亚赶紧让莫格里进到房间里来。

莫格里看着房间里的器物，回想起了曾经和人类共处的日子。他好奇地问："您怎么会生活在这里？"

米苏亚慢慢地讲起了分开后的经历。原来，米苏亚和丈夫跑到了英国人那里，准备控告那些想烧死他们的村民。可是，等他们准备去打官司时，发现整个村子都不见了。后来，她的丈夫在这边帮别人种地，有点儿积蓄后就买了一小块地。两年前，他们有了眼前这个孩子。可一年前，男人因病去世了，只留下他们娘俩儿相依为命。

莫格里默默听着米苏亚讲述分离后的生活，心中十分难过。此刻，小男孩儿已经适应了莫格里，爬到他的身上。莫格里一边抱着他，一边抚摸着他肉乎乎的小手。

"纳图，如果你是丛林里的神，那就保佑他不受伤害，健康长大吧！"米苏亚继续说，"如果你是被老虎叼走的纳图，他就是你的弟弟，你像哥哥一样祝福和保护他吧！"

"妈妈，我不明白什么是祝福。但我不是神，我是他的哥哥呀！"莫格里把孩子交给米苏亚，身体不自觉地哆嗦起来。

"纳图，你是不是不舒服，看起来好像生病了？"米苏亚焦急地问。

"是啊，我身体忽冷忽热，特别难受。"莫格里有气无力地说。

米苏亚一边翻找东西，一边念叨说："你在沼泽里到处跑，一定是发烧了！"

莫格里好像中毒了一样，头昏眼花，恶心难受，一点儿力气也没有了。米苏亚把热牛奶送到他嘴边，看着莫格里一点儿一点儿喝下去。

"儿子，你是天下最英俊的男人！"米苏亚骄傲地说。

莫格里没有看过太多的人，在丛林里也没有听到过这样的赞美，一时间有点儿接受不了。米苏亚看着他惊讶的表情，不由得继续说："你真的太好看了，我从来没有见过像你一样的男人！"

莫格里不知道自己长得什么样，他透过米苏亚微笑的表情，感受到了前所未有的爱，似乎身上的病痛减少了许多，也跟着笑了起来。那个小孩儿坐在他们之间，也乐呵呵地笑着。

一会儿工夫，热牛奶发挥了功效。莫格里躺在床上，很快就睡着了，沉沉地睡了一天一夜。他是被噩梦惊醒的——他掉到了陷阱里。莫格里醒来后，本能地用手按着刀，做好了战斗的准备。

米苏亚看他醒来的样子，忽然又笑了。屋角的桌子上，摆着粗饼、米饭和一些酸菜。莫格里又饥又渴，他喝了一些水，饱饱地吃了一顿，浑身又充满了力量。

小孩儿很喜欢莫格里，非要坐在莫格里的怀里玩。米苏亚拿着梳子，帮助莫格里梳理那一头浓密的黑发。

狼兄弟的召唤

天黑了，莫格里听到门外传来熟悉的声音，灰兄弟的叫声在夜色中弥漫。莫格里用狼语说："出去！不许靠近小屋！"

米苏亚看到了灰兄弟的身影，害怕地说："不要让你的仆人们进来！"

莫格里安慰米苏亚说："不用怕。当年你们离开村庄时，丛林里有几十只狼护送你们！现在丛林里还有一些事情，我要走了。"

米苏亚真的把莫格里当成了丛林里的神，敬畏地打开了房门。但在莫格里准备离开时，她还是不顾一切地搂住莫格里的脖子说："不管你是不是我的儿

草食性动物

草食性动物的食物主要以植物为主，它们的犬齿退化，门齿比较锋利，这样的牙齿结构使它们更容易咬断及咀嚼植物。它们的腿比较长，四肢为蹄子，具有快速奔跑的本领。草食性动物的警觉性比较强，一般处于受攻击的一方。

马

马大约在4000年前被人类驯服。在古代，马曾是农业生产、交通运输和军事战争的重要动力。马主要靠嗅觉来鉴别外界事物。

鹿

鹿是典型的草食性动物，吃草、树皮、植物的嫩芽和小树苗。雄性鹿有一对实心分叉的角，雌性鹿没有角。

羊

羊的身上都是宝，尤其是羊的皮毛，羊毛、羊皮可以制成毛织品和皮革制品。羊肉、羊骨、羊胆、羊奶也可治疗多种疾病，具有较高的药用价值。

兔子

小兔子，白又白，爱吃萝卜爱吃菜。兔子最爱吃的是萝卜？不！这是我们对兔子先入为主的偏见，其实兔子最爱吃的还是草。

大象

大象喜欢吃多汁的树枝，觅食时，它们用长长的鼻子卷起食物、采摘果实。一只成年象一天可以吃255公斤的食物。

骆驼

骆驼作为草食性动物，以粗草及灌木为食。它们极能忍饥耐渴，在没有水的情况下可以生存3周，没有食物的情况下可以生存一个月。

剑龙

剑龙是生活于侏罗纪晚期的草食性恐龙之一，古生物学家认为，它们的食物以苔藓、蕨类、松柏和一些果实为主。

子，我都爱你！你一定要回来啊！"小孩儿在一旁突然"哇"的一声哭了，也许，他也不希望这个哥哥离开。

莫格里感受到了前所未有的爱，他的双腿也像被粘住了一样，不愿意离开。过了好一会儿才说："放心吧，我一定会回来的。"说完，他走出房门，紧紧地将它关上了。

灰兄弟可怜巴巴地等在外面。莫格里生气地问："很久以前呼唤你们，为什么谁都不理我？"

灰兄弟说："不就是前天晚上吗？当时，我们都在丛林里唱歌，你知道，现在是春天。"

他们默默走在路上。莫格里的心情变得复杂起来，他又问："为什么呼唤你们的时候不回来？现在，发生了新的事情，我也不知道该怎么办了。"

灰兄弟真诚地说："除了春天，我们都会跟着你的。不过，之前妈妈、阿克拉，甚至卡阿都说过，人类终归要和人类生活在一起。"

莫格里问道："你怎么看这件事？"

灰兄弟说："曾经，你和狼族已经两不相欠；人类驱赶你，你也毁了村庄。不管怎样，我会和你同生死、共进退，现在就看你的想法了。"

莫格里说："这么多年，我成了丛林之王。现在，招呼大家到议事岩，我要宣布决定。"

灰兄弟十分听话，他在丛林里播撒着"丛林之王要回到人类"的消息。

若是在其他季节，丛林兽民听到这样的消息，都会聚集过来。可在这个生机勃发的春季，兽民们忙着歌唱，一点儿不关心丛林之王的事情。有的动物还说："雨季把他赶到人类那边去吧，一到夏天，他自己就回来了。我们才不相信他回到人类呢！"

最后的告别

莫格里也没有想到，兽民们只顾享受春天的赐予，并不关心他的去向。议事岩上，只有四个狼兄弟、棕熊巴鲁，还有盘着身子的岩蟒卡阿。

卡阿第一个说："在这片丛林里，你的路走到了尽头。哭吧，让你的心绽放！"

莫格里真的控制不住情绪，他哭着诉说道："我现在生活在恐慌之中，心里装满了矛盾。我休息不好，我无法安静，我的身体忽冷忽热，我不知道为什么会这样。"

老得已经看不到路的巴鲁说："这很正常啊，小青蛙。你已经长大了。巴希拉今天没在这，但他曾经说过，莫格里会把莫格里赶回人类那里去，这也是丛林法则。"

"是的，在我们第一次见面时，我就知道会有这样一天。"卡阿坚定地说，"人类早晚要和人类生活在一起。丛林没有驱逐你。"

莫格里抬头看向他们，问道："现在，是丛林赶我走吗？"

四个狼兄弟大声说："只要我们活着，丛林就不会赶你走。"

老巴鲁说："小兄弟，曾经我教会你丛林法则。现在我告诉你，走自己的路，和人类生活在一起，那里有你的血脉之根。但你要知道，你是丛林之王，丛林永远为你效劳，不敢违抗。"

"是啊，丛林永远服从你！"卡阿说，"丛林里的兽民都会同意的。"

莫格里望着自己的朋友们，他真诚地说："我不想离开你们，但我又不由自主地想着人类。我真的不知道该怎么办。"

巴鲁说："这没有什么，丛林养育了你，你也拯救了丛林，丛林之王要自己决定自己的命运。”

　　突然，猎豹的嚎叫响彻丛林，巴希拉带着一头公牛来到议事岩，他自豪地说：“小兄弟，为了这头公牛我费了好大力气。不过，它足以再次赎回你的自由。”

　　莫格里感动得热泪盈眶，巴希拉舔着他的脚趾说："记住，我爱你！”

　　莫格里十分爱他的丛林朋友，但他还是决定离开丛林，回到米苏亚身边。

　　丛林深处，响起了朋友们送别的歌声。

猎豹

　　猎豹，又称印度豹，是世界上在陆地上跑得最快的动物。如果让猎豹和人类的短跑冠军比个赛的话，猎豹可以让短跑冠军先跑 60 米，你猜最后谁会赢？当然是猎豹了！它的奔跑速度可达 115 千米 / 时，与其他动物不同的是，它在奔跑时可以一脚着地。

第二章

丛林之外

白海豹

太平洋沿岸的最北端，有一片海洋叫白令海，白令海的中央有一座圣保罗岛。岛屿鲜有人至，每年夏季，这里就成了海豹的乐园。千百万只海豹从世界不同海域来到这里争夺地盘，繁衍生息。一只非常古怪的小鸟给我讲了海豹家族的故事。

海豹是群居动物，他们大部分时间生活在海洋里，只有在脱毛、繁殖时才来到陆地上。春天，有力量的雄海豹率先游到圣保罗岛上，占据有利地形，等待雌海豹来生儿育女。雌海豹们先生活在海洋里，等到五六月份才登上岛屿。

雄海豹们争夺地盘的斗争非常残酷，打跑一个还会有另一个过来，占据位置的雄海豹必须时刻保持警惕状态，甚至没有时间吃饭。不断的打斗让雄海豹们情绪暴躁，整个海岛都充斥着怒吼、咆哮和撞击声。

雄海豹凯西身材健硕，力量强大，他在经过第五十四回打斗后，终于保住了自己的地盘，等来了妻子马特卡。凯西抱怨说："你又迟到了。"

马特卡看着浑身伤口、一只眼睛被打伤的丈夫，非常心疼。她搞不懂海豹们为什么不能合理分配地方，非得靠打斗来解决问题。她心疼丈夫说："以后我们搬到别的岛上去，就不用因为打斗受伤了。"凯西说："打斗是强者的游戏。搬到其他地方，那不是丢我的脸吗？"

夫妻团聚的海豹们熙熙攘攘地生活在海滩上。一天，马特卡生下了一只小海豹，白色的皮肤让他看起来与众不同。妈妈给他取名叫可迪克。

小海豹出生后，先是在陆地上爬行，像小狗一样在沙地上玩耍、睡觉，等着妈妈送来食物。小海豹们刚开始不会游泳，可迪克第一次下海时，大脑袋沉下去，小后鳍翘起来，差一点儿被淹死。第二天，他开始在岸边水坑里练习划水、控制鳍肢，不到两个礼拜，就完全成为游泳健将了。

每年十月中旬，海豹们成群结队地离开圣保罗岛，开始长达半年的深海旅行。第一次出海，可迪克紧紧跟着妈妈，学习在深海中生存的各种技能。他学会了在大海里睡觉，把鳍肢收拢起来，只露出鼻孔，平躺在水面上随波浪起伏，就像睡在摇篮里一样。他学会了判断天气，当身体感到痛痒时，可以根据不同的部位判断天气的变化。他学会了在海洋深处捕获食物，在海浪尖上和鸟儿打招呼，在遇到大船时及时躲避，在开心时跳出水面来一次完美亮相。

第一次远游，可迪克的收获太大了。当海水变得温暖的时候，海豹们又开始向北方游动，准备回到出生的岛屿生活。路上，小海豹们互相打着招呼。他们总是好奇地问："你的外套怎么是白色的？"可迪克一点儿也不害羞，他非常自豪地说："我就是这么特别，我们一起去海岛上玩耍吧！"

小海豹和雄海豹们费尽周折，又回到了圣保罗岛。爸爸们一如既往地为争夺地盘打得你死我活。可迪克和其他小海豹们在一片海滩上折腾翻滚，谈论着旅行中的成长见闻。

一天，猎杀海豹的父子俩来到岛屿。他们住在附近的小村庄，靠贩卖海豹皮为生。父子俩站在高处看着打闹嬉戏的小海豹，儿子率先发现了可迪克，惊讶地说："看，那有一只白海豹。"

父亲仔细看了看，吓得脸色惨白。他低声告诉儿子说："我从来没看过白色海豹，千万不要去碰他，他一定是去年在风暴中死亡的老扎哈罗夫的鬼魂变的。"

父子俩坚信可迪克是死亡者的鬼魂，急忙驱赶着成群的小海豹往前走。海豹们像被施了魔法一样被驱赶着，丝毫没有回头的意思。没去的海豹不曾注意发生的事情，依然玩耍着。可迪克充满疑问，循着海豹群的足迹跟了过去。

"白海豹在后面跟踪我们。"儿子说，"这可是第一次有海豹自己往屠宰场去。"

"千万别回头了。"爸爸说，"那不是海豹，是鬼魂，回去一定要向祭司讲讲这件事。"

两个人费了好大工夫,才把海豹赶到另一片海滩。等了一会儿,又来了十几个人。他们穿着皮靴,表情严肃,每个人手里都拿着一根大棍子,毫不留情地向海豹头上砸去。不到半个小时,所有海豹都躺在了沙滩上。这些人坐在地上开始剥海豹皮,并把海豹皮胡乱地扔在一起。

　　看到这个场景,可迪克吓坏了。他顾不得劳累,转身奔向大海,猛地跳进清凉的海水中。让自己冷静一下。

　　一只海狮游过来问:"怎么啦?"

　　可迪克讲述了自己看到的一幕,海狮转动着脑袋说:"这有什么奇怪的,他们已经干了三十多年了。"

　　可迪克非常难过,他说:"太恐怖了!难道海豹只有这个下场吗?"

　　海狮说:"你们年年来这里,人类当然年年来捕杀。除非你们找到一个没有人类去过的地方。"

　　"哪有没有人类的海岛啊?"可迪克好奇地问。

　　"我找了二十年,也没有找到。不过,你可以去海象岛,找西维奇问问。对了,你该休息一下了。"

海狮真是很温柔，能够这样和小海豹说话。

可迪克游到自己的海滩边，睡了半个小时，然后就向海象岛游去。西维奇是一只老海象，个头肥大，体态臃肿，浑身疙瘩，两颗白牙非常醒目。他一半身体在水中，一半耷拉在海滩上，正在睡觉。

"醒醒吧！"可迪克冲着海象大声喊。

"怎么回事啊！"西维奇一边说话，一边用长牙敲醒身边的海象，身边的海象又敲醒下一只，沙滩上的海象们陆续苏醒，都瞪着眼睛四处张望。

"大家好！是我！"可迪克随着岸边的海浪起伏，和身材高大的海象比就像白色的鼻涕虫。

"看，他的皮好像被剥了！"西维奇说。

海象们一齐看向了可迪克。可迪克最反感说剥皮的事了。他大声说："我本来就是白色的！请问，哪里有没有人类的小岛啊？"

"自己去找吧！"西维奇懒洋洋地闭上眼，"走吧，我们还忙着呢！"

可迪克像海豚一样跃出水面，凶狠地说："吃蛤肉的家伙！"海鸟们也跟着起哄喊："吃蛤肉的家伙！"

海象最怕听到这样的话，可迪克和海鸟们的尖叫让他们很气愤。西维奇无奈地说："你去问问海牛吧！"

可迪克回到海滩，他问海豹们怎么看待这件事。海豹们认为人类猎杀很正常，保护好自己就好了。爸爸凯西对他说："你好好长大吧，然后在海滩上拥有自己的领地，生儿育女，再过五年，你就要参与打斗了！"

妈妈马特卡也说："你没有办法阻止杀戮，去玩一会儿散散心吧！"

可迪克心事重重，那年秋天，他独自去寻找海牛，没有一点儿线索。之后五年，他只要有时间，就去寻找没有人类的适合海豹生存的地方，可是连鸟儿都对他说："没有那样的地方。"

可迪克快绝望了。一天，他在太平洋的小岛上发现了许多生病的海豹。一只生命垂危的老海豹说："听说，白海豹能够引领海豹家族找到一处安宁之所，你，去试试吧！"

白海豹很受鼓舞，他说："我是唯一的白海豹，我一直在寻找适合海豹生存的新地方！"

白海豹已经是高大魁梧、凶猛能干的成年海豹了，爸爸妈妈希望他结婚生子。可迪克说："再给我一年时间吧！"恰巧，一只雌海豹也想晚一年结婚，于是，他们做好了约定。

　　可迪克随着一大群比目鱼出发了，在西边的小岛上，他看到了比海象更大、更丑的动物，可迪克激动地问："你们就是海牛吧？你们知道什么岛上没有人类吗？"

　　海牛不理会可迪克，白天行路，晚上捕食，沿着一股海洋暖流不紧不慢地前行。一天夜里，海牛们沉入闪闪发光的水中，可迪克也紧紧跟住。出乎意料的是，动作缓慢的海牛们竟然是游泳高手。他们沿着海岸边的峭壁，一头扎入隧道般的黑洞，游了很久才重回水面。可迪克第一次憋了这么久的气，感觉都快炸开了。可是，从水面探出头的一瞬间，可迪克感觉太美妙了——绵延的沙滩，光滑的岩石，茂密的水草，成片的沙丘，这里不曾有人来过，这是适合海豹生存的海域。

"这就是我要找的地方！"可迪克说，"海牛真聪明啊。这个地方人类无法到达，我必须赶回去，告诉海豹们我的新发现！"

白海豹可迪克用了六天六夜，重新回到沙滩。海豹们不相信他的话，甚至他的父亲都嘲笑他。一只年轻的新婚海豹说："你一直在大海上漂荡，连打斗都没参加过，凭什么让大家和你出发呢？"

可迪克说："我是想给大家找到更安全的地方。你如果打斗输了，会跟我去吗？"

年轻海豹说："可以啊，如果你赢了，我就跟你去！"

可迪克二话不说，猛一抬头，就把对方撞翻在地。他愤怒地喊道："过去五年，我一直在寻找可以安全生活的岛屿，不把你们打倒，你们是不会相信我的。"可迪克疯了一样冲向一只强壮的海豹，很快就把他制服了。然后，他又攻击下一只海豹，直到其他海豹都服气了为止。

这是一场漂亮的战役，英勇的可迪克威风凛凛，他大声吼着："谁和我一起走？"

"我们去！"海豹们一起说，"我们愿意跟随你！"

一个星期后，可迪克带着海豹们穿过隧道，来到新的海岸。留下的海豹们嘲笑着这群白痴。

第二年春天来了，更多的海豹加入了可迪克的队伍。在那片没有人类的岛屿，可迪克更高大、更强壮了。小海豹们自由自在地玩耍，根本不用担心人类的到来。当然，白海豹也和心爱的雌海豹生下了许多小海豹。

海豚

　　海豚可以说是海洋中的小精灵了，一双水汪汪的大眼睛镶嵌在脸上，小脸一侧，一道永恒的微笑线将海豚的友好全然展露。它的智商超群，能为迷失航向的海船进行导航。可就是这么可爱的小精灵，却被人类的贪欲所迫害，海洋污染导致海豚的生活环境不断恶化，人类的恶意捕杀加剧了海豚的消亡。希望我们能保护海豚，保住它们永恒的微笑。

勇敢的里基

獴是一种非常可爱的小动物。他们四肢短小，外形像小猫，习性像黄鼠狼。一只叫里基的獴眼睛和鼻子是粉红色的，长长的尾巴竖起时，蓬松起来的毛就像洗瓶刷似的可爱。

夏天，滂沱大雨冲毁了他的洞穴。他蹬着腿在水中挣扎，好不容易抓到一束救命草，便随着稻草漂荡着。等他醒来时，正湿漉漉地躺在阳光直射的小路上。

一个小男孩路过这里，发现了他。小男孩喊道："这有一只死去的獴，我们给他举行个葬礼吧。"

小男孩妈妈走过来，看了看里基说："不，也许他还没有死呢！我们把他带回房间，把身体先弄干看看吧！"

里基被小心翼翼地带到屋子里。小男孩爸爸拎起里基看了看，肯定地说："他只是被呛晕了，并没有死。"大家行动起来，找来棉絮把里基包裹起来，等吸干了水分，再把他小心地放在火炉边烘干。身体暖和起来的里基渐渐恢复了生机，他慢慢睁开眼睛，打了一个喷嚏。

"看，他好起来了！"爸爸高兴地说，"他刚刚醒过来，千万别吓到他，看看他起来会干些什么。"

獴虽然个头不大，但好奇心特别强，他们的特点就是到处跑。这不，里基从棉絮中探出头，认定棉絮不是食物之后就跑出来，围着桌子转了一圈，静下来梳理皮毛，抓抓痒痒，突然迅速地跳到小男孩的肩头，透过衣领的缝隙往里看了看，闻了闻，然后又灵巧地爬下去，蹲坐在地板上揉鼻子。

"别怕，特迪。他在和你交朋友呢！"爸爸说。

"是吗？他弄得我痒痒的。"特迪好奇地说。

"野生动物都这样和人类交朋友吗？"妈妈问，"我们对他友好，他才这样乖巧吧？"

"獴就是这样的习性。"爸爸说，"只要不去拎他尾巴，獴很容易和人类亲近。我们给他弄点食物吧。"

他们给獴拿来了一小块儿生肉，里基喜欢极了，很快就吃了精光。吃饱的里基终于恢复了元气，跑到走廊上，舒舒服服地晒着太阳，然后将全身皮毛抖得没有一点儿水珠，甚至是一点儿灰尘。

里基是个淘气的家伙，他在屋子里转来转去，因为好奇而惹出不少笑话。比如，差一点儿掉到浴缸里呛水；把鼻子伸进墨水瓶，染上了黑鼻头；爬上男人的膝盖，被烟头烫到了鼻子。

到了晚上，特迪非要和里基在一个房间睡觉。妈妈担心地问："他会不会咬伤特迪呢？"

爸爸说："不会的，他虽然淘气，可比其他动物安全多了。"

果然，一晚上平安无事。第二天早晨，里基站在特迪的肩膀上来到餐厅，他们俨然成了要好的朋友。里基的早餐是香蕉和煮蛋。他在每个人的膝盖上跳来跳去，慢慢熟悉起和人类相处的生活。

吃完早饭，里基跑到屋外，在花园里逛来逛去。

他想：这是极好的狩猎场。忽然，他听到树上传来小鸟的哭泣声，走近一看，原来是莺鸟夫妇在哭泣。

"你们遇到什么困难了吗？"里基问道。

"我们太惨了。"莺鸟说，"昨天，我们的蛋宝宝从窝里掉出来，被纳格吃了。"

"真是太不幸了。"里基问，"纳格是谁呀？"

莺鸟夫妇没有接话，反倒把身体缩回到窝里。灌木丛里传来咝咝声，听起来寒意逼人。里基吓得往后一跳，躲出去好远。

一条眼镜蛇足足有五米长，他正昂起头，吐着舌头，用邪恶的眼神看着里基。"我就是纳格。看看，我身上有族民的印记，感到畏惧了吧？"眼镜蛇脖子的皮褶鼓胀起来，后背的眼镜印记就像衣服的扣眼。里基第一次看到活眼镜蛇，稍有些害怕，但不到一分钟，他就不怕了。对于獴来讲，一辈子要做的事情就是斗蛇、吃蛇。

要知道，眼镜蛇看起来虽然恐怖，实际面对獴时，内心非常恐惧。獴可是蛇类的天敌，他们互相对峙着，谁也不敢放松。

莺鸟喊道："里基，小心后面。"话音未落，里基腾空跳起。就在那一瞬间，纳格妻子的头贴着地面射了过去。里基从空中落下来，狠狠咬了她一口，迅速躲到安全地带。里基还是年轻，没有足够的经验对付两条蛇。两条眼镜蛇见攻击失败，也灰溜溜地走开了。

　　回过神来的里基想着刚才的战斗过程，感到了一些自信。这时，特迪从一条小路跑过来，想要和里基一起玩。就在特迪稍做停留的瞬间，脚下尘土中一条土褐色小蛇向后缩了一下。小蛇看起来不起眼，但对人的伤害比眼镜蛇还大。里基看到小蛇，眼睛立刻变红了，他前后晃动身体，寻找最佳角度，朝小蛇扑过去。小蛇非常灵活，小脑袋刷地打过来，差一点儿咬到里基的肩部。里基跳起来，小蛇贴着地面转过身体。

　　特迪看到这一幕，大声喊道："快看啊！里基在捕杀一条蛇。"

　　特迪父母赶紧跑过来，正看到里基蹦起来跳到蛇背上。他的嘴尽量靠近蛇头，狠狠地咬住不放。一会儿工夫，小蛇全身瘫软，再也没有力气挣扎了。

　　里基本来可以一口一口地将小蛇吃掉，可他不想吃得太饱，免得影响行动。初战胜利的里基走到一旁的沙丘上，快活地享受了一个尘土浴。

那天晚上，特迪妈妈准备了许多食物。里基坐在特迪的肩膀上，大家都感谢他救了特迪的命，宠爱地抚摸他。特迪本来可以吃很多，但一想到眼镜蛇夫妇就没有那么好胃口了。

夜里，特迪把里基放在床上一起睡觉。等特迪闭上眼睛，里基就溜下床，在屋子里四处巡查。他见到了麝鼠，聊到了眼镜蛇夫妇。麝鼠提醒里基："纳格无处不在，你要注意听。"

里基静下来谛听，隐约传来蛇鳞摩擦地面的声音。他想：没错，是眼镜蛇的声音，他正要爬进浴室排水口。里基决定去看个究竟。

里基悄悄来到特迪的浴室，什么也没有看到。他转身来到特迪母亲的浴室，发现墙角的一块砖头活动了。他听到纳格和妻子正在小声嘀咕："房子里没有人，獴就会离开，这里就是我们的天下了。现在，先去咬死那个男人。"

"咬死人真会有好处吗？"纳格问妻子。

"当然有啊。为了我们和孩子在花园里幸福地生活，必须杀死那些人，赶走那只獴。快点儿行动吧。"纳格妻子说。

听到这些，里基气得浑身发抖，但很快就冷静下来，悄悄躲到了一边。不一会儿，纳格的脑袋一点点从排水槽钻进来，后面拖着五米长的身体。他把身体盘起来，昂着头四处查看。

里基想：现在去打斗，他妻子肯定会来帮忙。如果在开阔的地方打斗，自己不占优势，怎么办才好呢？

纳格晃动着身体来到水罐边喝水，他说："男人来洗澡时，不会拿个大棍子。我就在这里等，等到天亮。安娜，你听到了吗？"

外面没有回应，看来安娜已经离开了。里基静悄悄地等待着机会来临。一个小时后，纳格睡着了。里基悄悄来到纳格身后，打量着应该咬哪个部位合适。经过一番思量，他决定咬住头部，绝不松口。

下定决心后，里基又稳又准地咬向纳格的头部。正在熟睡的纳格突然惊醒，疯狂地甩动头部，弄得里基身体四处磕碰。里基浑身疼痛，但横下一条心，就是被摔死也不能松口。突然，传来一声巨响，接着是一股热浪袭来，里基吓得闭上了眼睛。

原来是男主人听到浴室里的动静，看到眼镜蛇正在努力摆脱里基。于是，他拿来猎枪打中纳格的背部，才结束了这场艰苦的战斗。

男主人轻轻抱起筋疲力尽的里基，感激地说："你又救了我们全家的命。"里基从男人手里跳下来，拖着疼痛的身子回到特迪卧室，疲惫不堪地睡着了。

第二天早晨，里基浑身酸痛，但他为自己感到骄傲，同时惦记着如何对付安娜。顾不上吃早饭，里基就跑到花园去。莺鸟正站在枝头唱着胜利之歌，把纳格死掉的消息传遍了整个花园。

里基问道："看到安娜了吗？"

莺鸟说了一大堆恭维里基的话。里基可不想听这个，他对莺鸟夫妇说："应该在正确的时间做正确的事情。"

莺鸟夫妇好糊涂，费了好大劲，里基才从莺鸟嘴里知道，安娜把一窝蛋宝宝藏在了围墙边的瓜圃里，自己正在马厩旁的垃圾堆上哀悼丈夫。

里基对莺鸟说："你飞到马厩那，假装折断翅膀，引导安娜追你到这边来。我去瓜圃找蛇蛋。"

莺鸟丈夫说："杀死纳格的孩子非常不公平。"里基不想和他解释了，幸亏莺鸟妈妈听懂了——现在的眼镜蛇蛋，就是未来的眼镜蛇。她迅速地从窝里飞出

来，来到安娜面前扑腾着翅膀，引诱着安娜追了过来。

里基抓紧机会跑到围墙边的瓜圃，找到了二十五枚蛇蛋。蛇蛋被一层发白的膜覆盖着，可以清晰地看见已经孵化成形的小眼镜蛇。里基挨个将蛇蛋咬破，并翻动稻草看是不是有遗漏。只剩下三枚蛇蛋了，莺鸟妈妈尖叫着喊道："里基，安娜正在走廊，她要杀人了。"

里基迅速咬碎两枚蛇蛋，嘴里叼着一枚蛇蛋，使出浑身力气向走廊方向飞奔。此时，特迪和父母脸色煞白，一动不动地坐在走廊的椅子上。安娜在离特迪很近的地方盘着身体，只需稍一转头，就可以咬到特迪。

"不许动。"安娜咝咝地说，"愚蠢的人啊，你们杀死了我的丈夫。一会儿我要杀死你们报仇。"

特迪紧张地看着爸爸，爸爸悄声安慰他："坐着别动，千万不能动。"

看到这一场景，里基跑过来喊道："转过身来，安娜，我们打一仗吧？"

"来得正好。"安娜依然盯着特迪一家说，"我正要找你算账。看看你的朋友们，他们吓得脸色煞白，不敢动弹。只要你再走近一步，我就出击。"

"还是先看看你的蛋吧。"里基说，"靠近瓜圃的那些蛇蛋，你还是去看看吧。"

安娜转过头来，看到放在地上的蛇蛋，喊道："不许碰它，把它给我。"

里基用前爪夹住蛇蛋，眼睛血红血红的。他挑衅地说："这可是最后一枚蛇蛋啊！瓜圃边上，蚂蚁正在分吃其余的蛋呢！"

听到只剩下最后一枚蛇蛋，狡猾的安娜忘记了一切，扭转整个身子看着里基。趁此机会，特迪爸爸一把抓起特迪，全家人转移到安全地带。

"上当了吧！"里基笑着说，"昨晚，是我在浴室咬住了纳格，他想甩掉我，但就是甩不掉，最后才被打成了两截。现在，你来报仇吧。"

安娜清楚，杀死特迪一家的机会没有了，保住唯一的孩子才是关键。她故作可怜地说："把蛋给我，我马上离开，永远不回来了。"

里基说："是的，你会离开，而且永远也回不来了。

开战吧。"里基围着安娜蹦来蹦去，寻找着进攻机会。安娜一次又一次出击，转着圈地用头部击打里基，就是不肯离开原地。

里基兴奋地战斗，把蛇蛋的事情忘了。安娜趁着里基喘气的工夫，把蛇蛋含在嘴中，箭一样向花园逃去。

里基知道，必须抓住安娜，要不然后患无穷。眼看着安娜就要钻进老鼠洞里，里基狠狠地咬住了她的尾巴，跟着她一齐来到洞里。虽然不知道前面情况，里基就是咬住不放，同时把腿伸直，四肢抵住地面，就像刹车一样控制着安娜。

过了很久，莺鸟夫妇看里基还没有从洞里出来，伤心地唱起了死亡之歌。可是，还没有唱到高潮，洞口的杂草晃动了一下，满身污泥的里基一点儿一点儿地退出了鼠洞。他用力抖动浑身的土污，打了一个喷嚏，说道："一切都结束了，安娜再也出不来了。"

莺鸟夫妇目瞪口呆，草丛里的红蚂蚁争先恐后地到洞里看个究竟。的确，安娜再也不能动弹了。花园里，莺鸟夫妇带头传播安娜死去的消息，鸟儿们、青蛙们都唱起了欢乐的歌。

连续的战斗让里基筋疲力尽，他蜷起身子，安心地躺在草丛里睡着了。等他醒来见到特迪一家人时，大家都激动得流下眼泪。他们说里基是全家的救命恩人。

那天晚上，特迪一家做了丰盛的食物，里基一直吃到撑。

里基的胜利让他骄傲，但他并没有忘本，每天继续跑跳巡逻，尽心尽力看管着花园。此后，再也没有蛇类来花园里作恶，小动物们和特迪一家都很喜欢他。

獴

相信很多人都没听过獴这种动物吧！獴是獴科动物的通称，是一种身子长、尾巴长而四肢短的动物。它的体形细长，身体灵活，多生活在热带丛林中。獴是蛇的天敌，蛇的两个致命撒手锏——毒液和卷缠对獴毫无效果，因为獴对很多毒液都免疫，獴还比较灵活，躲避速度快，出击也快，能一口咬住蛇的脖子，一招致命。

大象的图麦

卡拉·纳格是黑蛇的意思，现在却是一头大象的名字。这头大象二十多岁时不幸被捕，此后为印度政府服务了四十七年。能得到卡拉·纳格的称号，是因为他在四十七年的时光里，做过各种工作，接受各种挑战，以优秀的表现和卓越的成绩赢得了殊荣。

卡拉·纳格是和母亲一起被捕的。被关在狩猎场的第一天，妈妈就告诉他："胆小怕事的大象会受到伤害。要想保护好自己，就要让自己强大起来。"卡拉·纳格知道，被捕获后大象就要听人类的话，服从主人的指挥。有一次，卡拉·纳格负责为战场上送火炮，目睹了你死我活的斗争场面后，他变得越来越坚强勇敢。之后，他上过战场，渡过大洋，运过重物，可谓走南闯北、见多识广。

有一天，卡拉·纳格和大象们一起运输木料，一头年轻的大象左顾右盼，不肯出力干活。卡拉·纳格抬起腿，狠狠地踢了年轻大象的肚子，吓得他乖乖干活了。负责看管大象的图麦观察他很久了，发现他是难得一遇的好大象，就和管理人员申请，不让卡拉·纳格干运输东西这样的体力活，而是和几十头受过专门训练的大象一起，帮助人类捕捉野象。

捕捉野象并不是一件容易的事情。人们需要深入山林，翻山越岭寻找野象的踪迹，然后想办法把分散的野象聚在一起，还要把他们关进围栏进行专门训练。野象在没有被驯服前，脾气非常暴躁，不是在围栏里狂吼乱叫，就是横踢乱卷，企图逃跑。

面对一群需要驯服的野象，卡拉·纳格可是经验丰富的老手。他在人类安排下，在晚上进入围栏，首先挑一头最大最猛的野象开战，用皮鞭一样的鼻子抽打那家伙，直到逼迫他安静下来为止。最大最强的野象被制服后，其他野象也就不再咆哮，顺从了许多。这时候，其他骑在象背上的人们会进入围栏，拿出绳索，将野象一只一只拴起来。

每头大象都有一个驭手。卡拉·纳格的驭手叫大图麦，他是第一个捉住卡拉·纳格的黑图麦的孙子，一家三代人先后驾驭卡拉·纳格，现在大图麦的儿子小图麦已经十岁了。按照习俗，小图麦长大后会继承父亲的工作，骑在卡拉·纳格的脖子上，接过驯象棒。

小图麦从小跟着父亲在象群中长大，和卡拉·纳格一起玩耍。当有一天大图麦吩咐卡拉·纳格向未来主人致敬后，卡拉·纳格就绝对服从小图麦的指挥了。小图麦淘气地让卡拉·纳格轮流抬起四条腿，卡拉·纳格总是非常顺从，小图麦认为卡拉·纳格怕他。

小图麦是个淘气的孩子，他喜欢野外的自由生活，经常做一些有趣的事。比如沿着大象走过的马道爬山，看看溪谷、偷窥野象、吓唬野猪。小图麦和驭象人穿行在山谷之间，觉得广袤的山林比宽阔平坦的道路有趣得多。老图麦可不那么想，他厌倦了捕驯野象的工作，不想让儿子再这样生活。如果老了可以盖几排砖石象房，在又宽又平的大路上操练大象，那该多好啊！

驯服野象的夜晚紧张又刺激，驭象人不敢有丝毫放松。小图麦虽然不能进入围栏，但他比三个男子都管用。他会爬上围栏柱子指挥作战，也会挥动火炬为驯象照明。在驯服野象的混乱之中，小图麦指挥卡拉·纳格的口令盖过野象的吼叫、呻吟及各种嘈杂的声音，恰到好处的提醒总是帮助卡拉·纳格赢得胜利。参与驯象的大人们都很佩服他。

一天夜里，一个捕象人企图用绳索套住小象，绳子意外掉到地上，情况非常危险。小图麦看到后，迅速从柱子上滑下来，跑到混乱的象群中捡起绳索扔给那个人。卡拉·纳格随即走过来用长鼻子卷起他，把他交给了骑在身上的大图麦。大图麦对小图麦的冒险行为十分生气，狠狠给了他一巴掌，又把他送回柱子上。

第二天早晨，大图麦没有忘记昨晚的事情，他

训斥小图麦说："待在平坦的地方不好吗？非要来这里捕象。有人把这件事告诉了彼得森大人，看你怎么办？"小图麦有些害怕了，他听说彼得森是整个捕象活动的负责人，他熟悉大象习性，没有任何人可以超越他。他问道："会有什么事情发生吗？"

大图麦说："这是一件糟糕的事情。彼得森会把你派去做捕象人，在这热病丛生的地方，捕象是又苦又累的活。你应该在平坦的路上过安稳的日子，不要再干这一行了。不争气的家伙，快去给卡拉·纳格洗一洗，看看他的耳朵和脚上有没有扎刺。"

小图麦一声不响地走开了，他不明白捕象生活有什么不好，帮助别人并没有什么错。他一边给卡拉·纳格洗澡，一边把心里的委屈讲给他听。大象听得懂人类驯象的口令，却不明白小图麦的心里话。但大象能够感觉到，小图麦信任他、喜欢他。

结束了在围栏里对野象的驯服，人们把大象集中起来，让两头被驯服的大象夹着新捕获的大象行走，以保证接下来不出纰漏。闲下来，人们开始清点毯子、绳索，做好离开的准备。

一天，彼得森骑着母象普得米妮来到这里，给大家结算工钱。驭象人领到工资，就重新坐回象背上准备出发。那些捕象人是长期雇工，一年到头待在丛林里，他们彼此已经熟悉，互相取笑着、交谈着。

大图麦领着小图麦去取工资。捕象人悄声议论说："这是个捕象的好材料，可惜就要被带到平原去了。"这话可没有逃过彼得森的耳朵，他转过身来说："你们说谁呢？我可没看过哪个驭手有股机灵劲。他们连一头死象都拴不住。"

"哦，是那个小男孩。上次在围栏里驯象时，他跑到象群里，把落在地上的绳索抛过去。那动作简直太灵活了。"一个捕象人一边说一边用手指着小图麦。

彼得森看向小图麦，好奇地问："个子还没有拴马桩高，就会扔绳索了。你叫什么名字？"

小图麦听到问话，赶紧学着大人的样子鞠躬，却紧张得说不出话来。他向卡拉·纳格做了个手势，大象就用鼻子卷起他，送到和彼得森一样的高度。小图麦双手捂住脸，害羞地透过指缝看着彼得森，人们不由得哄笑起来。

"尊敬的彼得森先生，他是我的儿子，小图麦。"大图麦皱着眉头说，"他是一个淘气的孩子。"

彼得森笑着说："他很勇敢，也很聪明，给他四枚钱币吧。他会成为一个优秀的猎手。"他又对着小图麦说："记住，猎场可不是好玩儿的地方啊。"

"那我就永远进不去了吗？"小图麦喘了一口气，好奇地问。

"是的。"彼得森笑呵呵地说，"只有看到大象跳舞，你才可以找我进入所有的猎场。"

卡拉·纳格将小图麦放回地上。得到表扬的小图麦非常兴奋，他开心地将四枚钱币交给了大图麦，盘算着可以买一些好玩的东西。大图麦并不开心，始终紧皱着眉头。

驭象人赶着队伍出发了。他们要穿过几条河流，每次过河的时候，新捕获的大象都会惹出一些事情来，必须时刻保持警惕。一天下午，象群在丛林里骚动起来。一个猎手冲着大图麦喊："让卡拉·纳格敲打敲打这头不听话的小象，让他守点儿规矩。这群新大象好像闻到了丛林里同伴的味道了，我可不想在这个时候惹出什么麻烦来。"

大图麦赶着卡拉·纳格，让他用头撞向新捕获的大象，直到将他撞得喘不过气来。大图麦说："开什么玩笑啊。这里的野象都被抓光了，哪里还有什么伙伴啊！他不听话，只能说你没本事。"

"千万别这么说话。"另一个驭象人说，"你们平原人虽然聪明，可从来不知道野象心里想什么。捕猎季节结束，今晚野象都会……"

"野象会什么？"小图麦大声问。

"小家伙，告诉你吧，野象今晚会跳舞。反正你爸爸不会信。"捕象人说。

"别听他胡说。"大图麦说，"我家世代照顾大象，对大象了如指掌，哪有大象跳舞那回事啊。"

"如果你不信，今晚就试试看吧，别怪我没有提醒你啊。"捕象人一边交谈，一边继续前进着。

来到营地后，人们按照惯例，用铁链将大象后腿拴在木桩上，新捕获的大象要多加几道绳子。山林捕手赶着回到彼得森那边，他们嘱咐平原驭象人：

"当夜要格外小心。"

小图麦照料卡拉·纳格吃了晚饭后，就在营地四周溜达。小图麦兴奋地回顾着和彼得森大人的见面，也在琢磨着大象跳舞这件事。难道大象真的会跳舞吗？小图麦很想问问爸爸，可又不敢，他默默思索着，躺在卡拉·纳格身边的草料堆旁睡着了。

夜半时分，小图麦突然醒来。他看到卡拉·纳格耳朵竖立，并没有休息的意思。一声遥远而清晰的野象声划破天际，本来躺在地上的大象好像听到口令一样，一个个全都站了起来。被吵醒的赶象人迷迷糊糊地走过来，把木桩敲牢，把绳子拉紧，直到大象们安静下来，他们才躺下休息。大图麦临睡前对小图麦说："看好这群大象，不然会出乱子的。"

小图麦守着卡拉·纳格，慢慢地又迷糊起来。他隐约听到绳索断裂的声音，睁开眼睛看到卡拉·纳格一声不响地离开了木桩。"等等我啊，卡拉·纳格，带我一起走吧！"

卡拉·纳格停下了脚步，等到小图麦光着脚丫跑过来，用长鼻子把他卷到脖子上，默默地朝森林走去。小图麦紧紧趴在卡拉·纳格的后背上，透过月光，他隐约看到很多大象一齐朝森林走去。他们穿过茂密的森林，爬向山峰的斜坡，走向深邃的山谷，跨过清澈的溪流，小图麦感到，四面八方的大象都在朝着同一个方向前进。

终于，他们走到一座山的顶峰，一片不规则的空地出现在眼前。不一会儿，越来越多的大象来到这里，数也数不过来。小图麦非常害怕，将身体紧紧贴在卡拉·纳格的背上。他看到，彼得森先生的大象拖着铁链，喷着鼻子也爬上了山坡。

卡拉·纳格摇摆着来到象群中间，和其他象勾着鼻子，发出沉闷的叫声。一只大象发出一声吼叫，其他大象全都跟着吼叫起来，紧接着，所有大象都跺起脚来，有规律的声音如洪钟大鼓，震耳欲聋。小图麦紧紧趴在卡拉·纳格的背上，捂住了耳朵。

大象们的舞蹈持续了两个小时。天快亮了，象群逐渐散开，山顶的空地变得更大，地面变得更结实，踩倒的树木只剩下了粉末。看到彼得森先生的大象还在，小图麦对卡拉·纳格说："我们一起去彼得森大人的营地吧。"卡拉·纳格迟疑了一下，载着小图麦往回走去。

彼得森先生见多识广，他看着满身泥污的普得米妮和疲惫不堪的卡拉·纳格，明白了他们的去处。小图麦脸色苍白、有气无力地说："我看到大象跳舞了，我太累了。"

小图麦从大象脖子上滑了下来，昏睡了一整天，人们都在谈论昨晚的事情。他们相信，小图麦不会说谎，有人数了数，大象过河的痕迹有七十多处，有人感叹着，自己一辈子也没有见过的事情，居然让一个小孩儿看到了。

彼得森先生让人准备了丰盛的晚餐，在篝火晚宴上，他们用野公鸡的血在小图麦的额头画上标记，表示他是森林之神，可以在丛林里自由往来。

赶来找大象的大图麦看到这样的场景惊呆了。人们将小图麦高高举起，大声说："他得到了象族的宠爱，他得到了丛林诸神的眷顾，他看到了大象跳舞，他是永远的大象图麦。"

人们一遍又一遍欢呼着小图麦的名字。

那边，一群大象排好了队伍，整齐地扬起长鼻子，一起像吹喇叭一样发出吼叫声，致以最崇高的敬礼。的确，能够看到大象在夜间跳舞，恐怕只有小图麦一个人。

阅读竞技场

　　莫格里被母狼收养，成为狼群中的一员，在丛林中慢慢长大。在莫格里的成长过程中，老虎谢尔可汗不断地前来挑唆，企图加害莫格里。小朋友们，快快开动脑筋，帮助莫格里赶走讨厌的谢尔可汗吧！

破译密码

　　母狼一家收养莫格里后，老虎谢尔可汗和豺狗塔吉克企图偷袭狼窝，把莫格里从母狼一家身边偷走。为了偷袭成功，老虎谢尔可汗发明了一种密码，他们之间用这种密码传递讯息，聪明的小朋友，你能帮助母狼一家找到加密后的字母与字母表的对应关系吗？发现对应关系后，请破译谢尔可汗传递给塔吉克的密码。

A	B	C	D	E	F	G	H	I
_	_	G	_	_	_	_	L	_

J	K	L	M	N	O	P	Q	R
_	_	P	_	_	_	T	_	_

S	T	U	V	W	X	Y	Z
W	_	_	_	_	_	_	D

密码：DKQ　PEWJ　TEJC　ZKJC

破译：＿＿＿　＿＿＿＿　＿＿＿＿　＿＿＿＿

找异类

由于你成功地帮助母狼一家破译了密码，老虎谢尔可汗的偷袭没能成功。但他并不死心，他出了一道难题给莫格里，让他在下图中每行找出一个异类，如果莫格里能成功地找出来，老虎谢尔可汗保证以后不再偷袭狼窝，快来帮助莫格里圈出下面方格中每行的异类吧！

数字狩猎

　　老虎谢尔可汗虽然不再偷袭狼窝，但他又找来野狗袭击莫格里，莫格里被野狗包围，他急中生智，迅速从地上捡起很多石头投掷野狗。投中下图中的野狗就能得到这只野狗身上的分数，每只野狗的分数是他下面两个野狗分数之和，每只野狗至少1分。小朋友们，快来帮莫格里算一算他在这场斗争中一共得了多少分。

动物数独

　　这天，莫格里正和小狼们在丛林里玩耍，老虎谢尔可汗从侧面悄悄地靠近他们，企图活捉莫格里。狼爸爸发现了谢尔可汗并扑向他，情急之下，谢尔可汗捉住一只小狼，并威胁道："你们如果能答对我出的题，我就放过这只小狼，否则就拿莫格里来交换吧！"

　　要求1：表格中的每行每列以及每个四格方块必须包括每个动物；

　　要求2：每个动物在每行每列以及每个四格方块中只能出现一次。

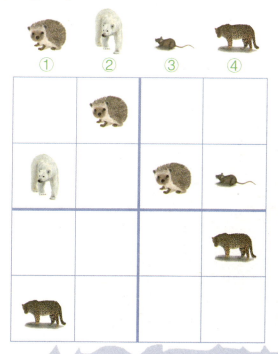

阅读竞技场参考答案

破译密码 HOU TIAN XING DONG（后天行动）

找异类

数字狩猎

17

9　　8

4　5　3

1　3　2　1

共53分

动物数独

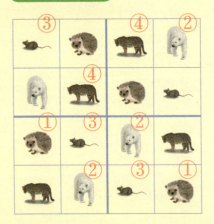